전능의 팔찌

THE OMNIPOTENT
BRACELET

김현석 현대 판타지 소설
FUSION FANTASTIC STORY

전능의 팔찌 17

김현석 현대 판타지 소설

초판 1쇄 찍은 날 § 2012년 12월 24일
초판 1쇄 펴낸 날 § 2012년 12월 31일

지은이 § 김현석
펴낸이 § 서경석

편집부장 § 권태완
편집책임 § 박우진

펴낸곳 § 도서출판 청어람
등록번호 § 제1081-1-89호
등록일자 § 1999. 5. 31
어람번호 § 제1-1516호

주소 § 경기도 부천시 원미구 심곡2동 163-2 서경B/D 3F (우) 420-822
전화 § 032-656-4452 팩스 § 032-656-4453
http://www.chungeoram.com
E-mail § E-mail § chungeorambook@daum.net

ISBN 978-89-251-3121-4 04810
ISBN 978-89-251-2596-1 (세트)

전능의 팔찌

THE OMNIPOTENT BRACELET

17

FUSION FANTASTIC STORY

김현석 현대 판타지 소설

청어람

CONTENTS

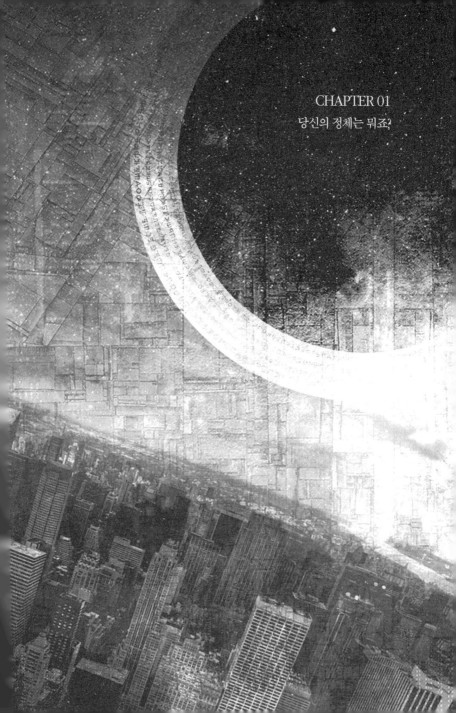

CHAPTER 01
당신의 정체는 뭐죠?

"소개해 준다고요? 누구요?"

지현의 조심스러운 물음에 현수는 싱긋 웃음 지었다. 어떻게 말을 해야 할지 몰라 발생한 어색함을 감추려는 의도이다.

"그건 식사 후에 말해줄게요. 그나저나 이렇게 오라고 해서 미안해요."

"어머, 아니에요. 현수 씨 덕분에 외국 구경도 해보는 거잖아요. 안 그럼 매일매일 다람쥐 쳇바퀴 도는 듯한 똑같은 일상 속에 있었을 거예요."

"그렇게 생각해 주니 고맙네요. 근데 정말 피곤하지 않아요?"

"네……! 괜찮아요. 그런데 잔뜩 긴장해서 그런지 다리는
좀 아프네요."

말을 마친 지현이 배시시 웃음 짓는다. 아름답다.

이런 미인이 아프다는데 어찌 가만히 있겠는가! 현수는 속
에서 들끓는 선심을 저도 모르게 표현한다.

"그래요? 그럼 다리를 여기에 올려보세요."

"네……?"

현수의 말에 지현이 눈을 크게 뜬다. 소파에 다리를 올려놓
으라는 뜻이기 때문이다. 그런데 짧은 치마를 입고 있다.

몹시 더운 지방에 온 것이기 때문이다.

"시원하게 해줄게요. 올려봐요."

현수는 아무런 사심 없이 지현의 종아리를 바라보았다.

"그, 그래요."

지현은 머뭇거리다 다리를 올렸다. 스타킹도 신지 않은 맨
살을 드러내는 것에 왠지 부끄러움을 느낀 것이다.

현수는 지현의 구두를 벗겼다. 지현은 당황한 듯 살짝 웅크
리려다 만다. 그러거나 말거나 예쁜 발이 드러난다.

"다리도 발도 참 예쁘네요."

"네……?"

지현은 심한 부끄러움에 제대로 대꾸조차 못했다. 그렇게

고개를 숙이고 있을 때 현수가 속삭인다.

"눈 좀 잠깐 감아볼래요?"

"네……? 아, 네에."

눈을 감은 지현의 속눈썹이 심하게 떨리고 있다. 이건 드라마나 영화에서 보았던 전형적인 패턴이기 때문이다.

하여 몹시 긴장했다. 이렇게 해놓고 키스를 하려나 보다 생각하니 어찌 안 그렇겠는가!

다리도 올려놓았으니 상체만 뒤로 넘어가면 거의 침대나 다름없을 것이다. 저절로 침이 삼켜진다. 이런 긴장 속에서 현수의 다음 행동을 기다리는데 기척이 없다.

하여 슬며시 눈을 뜨려는데 나직한 소리가 들린다.

"마나여, 모든 것을 원상으로 회복시켜 줘. 리커버리!"

샤르르르르롱─!

현수의 눈에만 보이는 서늘한 푸른빛 마나가 지현의 곱게 뻗은 다리로 스며든다. 그러자 피로물질인 젖산과 암모니아, 그리고 활성산소가 빠르게 제거된다.

지현은 맡은 업무 특성상 오랫동안 서 있기도 하고, 어떤 날은 하루 종일 의자에 앉아 있기도 한다.

하여 본인도 모르는 하지정맥류[1]가 발생하던 중이다. 그

---

1) 하지정맥류(Varicose vein):다리의 정맥 내부에는 판막(Valve)이라는 것이 있어 혈액의 흐름을 항상 심장 쪽으로 일정하게 유지하게 만드는데, 하지정맥류는 오래 서 있는 등 하지정맥 내의 압력이 높아지는 경우 정맥 벽이 약해지면서 판막이 손상되면 심장으로 가는 혈액이 역류하여 늘어난 정맥이 피부 밖으로 보이게 되는 증상.

런데 리커버리 마법 한 방에 없었던 일이 되어버렸다. 게다가 무릎에도 약간 문제가 있었다. 이것도 완전히 치유되었다.

"어때요? 이제 괜찮죠?"

"어머, 정말 시원해요. 어떻게 한 거예요?"

"후후, 제가 한 마법 한답니다."

"네……? 마법이요?"

"그래요. 마법으로 치유한 거예요."

어차피 연희와 이리냐도 아는 사실이니 굳이 숨길 이유가 없어 밝힌 것이다.

"……!"

지현이 대체 무슨 소리냐는 의미를 담은 시선으로 바라보자 현수는 싱긋 웃어주었다.

"사실은 나 마법사예요. 근데 이건 비밀입니다. 아셨죠?"

"마법사요? 지, 진짜예요? 에이, 지금 저 놀리시는 거죠?"

"플라즈마 볼!"

현수의 말이 끝나기 무섭게 손바닥 위에 배구공만 한 화염이 생성된다. 그 뜨거운 열기에 화들짝 놀란 지현이 얼른 뒤로 물러나 앉는다.

"헉! 혀, 현수 씨……!"

"너무 놀라지 말아요. 지현 씨 할아버지와 어머니, 그리고 오대준 씨와 최장혁 경사를 도울 수 있었던 것 전부 치유 마법을 익혔기 때문입니다."

"……! 세상에, 세상에 어떻게 마법이……. 정말 마법이
에요?"

지현은 한참을 말을 잇지 못했다. 상상조차 할 수 없는 일
이 일어났을 때의 반응이다.

"매직 캔슬! 플라이!"

손바닥 위에 있던 화염구가 사라지는 대신 현수의 몸이 둥
실 떠오른다.

"혀, 현수 씨!"

"이건 비행 마법이라는 겁니다. 이제 믿어져요?"

"세, 세상에……!"

권지현은 입을 딱 벌렸다. 마법이라는 건 책이나 영화에서
나 접할 수 있는 것이다. 그리고 현재의 지구엔 단 한 명의 마
법사도 없는 것으로 알고 있다.

그게 상식이다. 그런데 지금 눈앞의 사내는 허공에 둥실 떠
올라 있다. 지금까지 같이 있었으니 어떠한 트릭도 없다.

그럼에도 믿기 힘들다. 상식이 파괴되기 때문이다.

"그럼 이건 어때요? 아이스 포그!"

말이 끝나기 무섭게 흰 안개가 사방으로 뻗는다. 그와 동시
에 한겨울에나 접할 싸늘함이 느껴진다. 더운 지방인지라 순
식간에 실내 기온이 뚝 떨어지니 소름까지 돋는다.

"혀, 현수 씨……!'

자신의 손가락조차 볼 수 없을 정도로 안개가 자욱해지자 지현이 다급성을 토한다.

이러다 잘못되는 거 아닌가 싶었던 모양이다.

"매직 캔슬!'

말 떨어지기 무섭게 자욱하던 안개가 스르르 걷혀 버린다.

"현수 씨! 도대체 당신의 정체는 뭐죠? 외계인인가요?'

지현의 눈에는 경계의 빛이 가득하다. 지현의 상식으론 마법사는 영화와 소설에만 있어야 하기 때문이다.

"푸홋! 외계인이라니요? 우미내에 사시는 부모님의 아들인 거 뻔히 알잖아요."

"그, 그런데 어떻게……? 어떻게 마법을 익혔죠? 누군가에게서 배웠나요?'

똑똑한 지현은 근본이 없으면 결과도 없다는 것을 알기에 물은 말이다.

"배운 거 맞아요."

"누구죠? 현수 씨의 스승님은?'

현수는 싱그러운 미소를 지으며 입을 열었다.

"혹시 멀린이라고 알아요?'

"멀린이라면……! 아더왕과 원탁의 기사 이야기에 나오는 그 궁정마법사를 말씀하시는 거예요?'

"맞아요. 그분의 풀네임은 멀린 아드리안 반 나이젤이죠. 그분은 9써클 대마법사였습니다."

"……?"

지현은 대체 무슨 소린가 싶은 표정이다. 처음 듣는 이야기가 시작되었기 때문이다.

현수는 멀린과 아더왕 사이에 있었던 일을 간단히 설명했다. 그리고 그로부터 마법을 배웠음을 적당히 각색했다.

오래전에 죽었지만 우연히 얻게 된 유품을 통해 꿈에서 마법을 배웠고, 매일 밤마다 꿈속에서 마법을 수련하는 것으로 이야기했다.

궁금한 게 많았지만 지현은 인내심을 갖고 끝까지 들었다. 이건 지현의 또 다른 장점이다.

"아무튼 그래서 마법을 알게 된 겁니다. 나는 주로 치유 마법 위주로 익혔죠. 그래서 지현 씨 할아버지와 어머니를 치유시킬 수 있었던 겁니다."

"……!"

"참, 이 이야긴 어디 가서 말하면 안 됩니다. 왜 그러는지는 대강 짐작하죠?"

"그, 그래요. 말 안 할게요."

지현은 고개를 끄덕인다. 현수의 말처럼 마법사인 것이 드러나면 세상이 발칵 뒤집어질 것이 뻔하기 때문이다.

"부모님, 그리고 할아버님께도 말 하시면 안 됩니다."

"네에, 말 안 할게요. 절대……!"

지현은 지금 꿈인지 생시인지 구분이 안 되는 신기한 시간을 경험하는 중이기에 리액션이 상당히 컸다.

지현이 이처럼 당혹스런 상황에 처해 있을 때 노크 소리가 들린다.

똑, 똑, 똑!

"주인님! 식사 준비 다 되었습니다. 안에 들어가도 되나요?"

"음, 들어와!"

현수의 말이 떨어지기 무섭게 문이 열린다.

그리곤 메이드복을 걸친 알리사와 두 시녀가 바퀴 달린 핸드 카트를 밀고 들어온다.

알리사가 흑인 최고의 미스 USA였던 바네사 윌리암스를 닮았다면, 두 시녀 중 하나는 영화 '인디펜던스데이'에서 자스민 역을 맡았던 비비카 A 폭스와 흡사하다. 다른 하나는 모델로 유명했던 타이라 뱅크스의 젊은 시절이다.

이들은 지르코프가 신문에 광고까지 내서 고르고 고른 하녀들이다. 저택에 걸맞는 아름다움을 기준으로 했기에 이토록 빼어난 미모를 지닌 것이다.

아무튼 지현은 세 하녀의 움직임과 태도를 주시했다. 뭔가

의미가 담긴 시선이다.

"어디에 준비해 드릴까요?"

"음, 이쪽에……!"

현수의 손짓에 알리사와 두 시녀가 빠른 손길로 테이블 세팅을 마친다. 그러자 금방 근사한 식탁이 마련된다.

"손님 입에 맞았으면 좋겠어요."

"아마 그럴 거야. 주방 식구들 솜씨가 좋잖아."

"네에, 고맙습니다. 뭐 필요한 게 있으면 불러주세요."

알리사의 사근사근한 말씨에 현수가 부드러운 표정으로 고개를 끄덕인다.

"그래, 그렇게. 수고했어. 모두……!"

"네에, 주인님!"

현수의 고개가 끄덕이자 알리사와 두 시녀가 뒷걸음으로 물러난다. 마치 사극에 나오는 상궁이나 나인 같은 모습이다.

"근데 너무한 거 아니에요?"

"뭐가요?"

지현은 약간 발끈한 표정이다. 현수는 대체 왜 이러나 싶어 의아하다는 얼굴이다.

"현수 씨! 요즘은 21세기예요. 그리고 모두가 평등한 세상이구요. 근데 하녀라니요? 주인님은 또 뭐예요?"

알리사와의 대화를 알아들으라는 뜻에서 통역 마법을 구

현시킨 것이 지현의 심기를 건드린 모양이다.

"그, 그게……!"

현수가 말을 이으려는데 그럴 틈도 주지 않고 지현의 쏘아붙이는 말이 이어진다. 그리고 몹시 성난 표정이다.

"설마, 변태들이나 꿈꾸는 메이드 어쩌구를 여기에 실현시킨 거예요? 그쵸……? 그런 거죠?"

"에엑? 아뇨……! 그, 그럴 리가요?"

현수는 너무도 과한 지현의 생각에 말도 안 된다는 듯 손사래를 치며 억울하다는 표정을 지었다.

그러거니 말거나 지현의 음성에 냉랭함이 감돈다.

"아니긴요? 조금 전에 그 아가씨가 주인님이라고 하니까 아주 흐뭇하다는 표정을 지었잖아요. 설마 이 저택에 있는 아가씨들 전부를 벌써 어떻게 한 거 아니에요?"

지현의 말은 중간에 끊겼다. 물론 현수 때문이다.

"말도 안 됩니다. 날 뭘로 보고……? 절대 그런 거 아닙니다."

"근데 왜 주인님이라고 해요? 지금 절 속이려는 거예요?"

"아, 아니라니까요. 정말 그런 거 정말 아니에요."

"아니긴요? 이 집에 들어설 때 어째 집이 과도하게 크다 싶었어요. 설마 여기에 하렘(Harem)이라도 차린 거예요?"

"헐……!"

과도한 오해에 현수는 대꾸할 말조차 잃었다.

"아까 들어올 때 뒤에 있던 여자들, 그 여자들은 누구죠? 하나는 요즘 CF에 나오는 이리냐라는 여자지요? 현수 씨가 회사 주식의 절반 이상을 가졌다는 대한약품의 다이어트 보조제를 광고하던……!"

"……!"

"그리고 그 옆에 있던 여자는 현수 씨가 전무 된 다음에 비서로 뽑았다는 천지건설 양대미녀 중 하나라는 사람이죠?"

지현이 행정고시에 합격한 건 우연이 아니다.

놀랍도록 명석하고 논리적인 두뇌가 있었기 때문이다. 기억력도 엄청 좋고, 관찰력 또한 탁월하다. 물론 이 모든 것은 서울고검장이 된 권철현의 우월한 유전자를 물려받은 덕이다.

지현이 현수의 뒤를 따라 들어서던 연희와 이리냐를 본 시간은 불과 몇 초이다. 들어서면서 쇼핑한 물건들을 하녀들에게 건네느라 곧바로 이동했기 때문이다.

그 짧은 시간 동안 뒤에 있던 둘과 경호팀의 면면까지 살폈다. 자신이 사랑하는 사람과 함께하는 이들이기 때문이다.

연희는 비서이기에 같이 있을 수 있다고 쳤다.

하지만 이리냐는 아니다. 대한약품 광고에 등장하는 모델일 뿐이라면 이곳에 있을 사람이 아니다.

그렇기에 의아하다는 생각은 했다. 하지만 사랑하는 이와의 만남이었기에 애써 잊었다.

2층 현수의 방으로 와서 알리사와 두 명의 시녀가 음식을 내올 때에도 흑인치고는 상당히 예쁘다는 생각을 했다.

눈도 크고, 몸매도 빼어났다.

사랑하는 이의 곁에 아름다운 여자들이 득실거리는 것이 마뜩찮다. 그래도 내색하지 않았다.

그런데 주인님이라는 칭호와 살갑게 대하는 현수의 태도에 그만 폭발하고 만 것이다.

현수는 지현의 말이 끝나길 기다렸다. 이윽고 이야기는 끝났다. 하지만 의혹에 찬 눈빛은 여전했다. 어서 이실직고하라는 표정도 마찬가지이다.

"식사부터 할래요? 아님 이야기부터 들을래요?"

"……! 식사부터 할게요. 현수 씨 이야길 듣고 나면 식욕이 사라질 수도 있으니까요. 사실 배가 많이 고팠거든요."

"좋아요. 식사부터 해요."

현수는 지현이 편히 식사할 수 있도록 베란다로 나갔다.

하늘하늘한 휘장 저쪽엔 시원한 잔디밭이 보이고, 그 끝엔 정성스레 가꾼 과실수들이 서 있다. 그 앞엔 하늘을 닮아 파란빛을 내는 수영장 물이 넘실거린다.

베란다 밖 수영장 곁 파라솔이 만든 그늘로 들어간 현수는 이야길 어찌 풀어야 할까 싶어 고심했다.

어펜시브 참 마법을 걸면 간단할 일이다. 하지만 평생을 같이 해야 할 여자에게 그러긴 싫다. 라세안, 아니, 라이세뮤리안이 제 맘에 든 여자들에게 가끔 써먹던 수법이기 때문이다.

"으으음……!"

현수는 깊은 고뇌에 빠진 표정이 되었다. 어떻게 말을 시작해야 할지 참으로 난감했기 때문이다.

전능의 팔찌 안쪽에 새겨진 브레인 리프레시 마법 덕분에 비약적으로 지능이 좋아졌지만 이럴 땐 평범한 사람과 별반 다를 바 없다. 너무 난감하기 때문이다.

이러는 사이에 지현은 씩씩하게 음식을 먹었다. 본능적으로 미구에 닥칠 싸움을 직감하고 있었기 때문이다.

다시 말해 전투 전에 배를 채우는 의식을 진행한 것이다. 이러니 평소보다 훨씬 빠른 시간에 식사를 마치게 되었다.

그리고 창밖을 보니 현수가 멍한 표정으로 수면을 바라보고 있다. 확실히 문제가 있다. 그게 무엇이든 오늘 결판을 내야 한다 생각하고 자리에서 일어서려 할 때이다.

똑, 똑, 똑!

아주 작은 노크 소리였다. 그리곤 이쪽에서 출입을 허락한다는 말을 하기도 전에 문이 스르르 열린다.

두 여인이 들어선다. 연희와 이리냐다.

조각 같은 미모의 여인들이다. 게다가 늘씬하기까지 하다.

지현은 특히 연회의 얼굴에서 시선을 떼지 못했다. 여자인 자신이 보기에도 너무 예뻤던 탓이다.

이리냐의 얼굴도 보았다. 요즘 TV만 켜면 하루에도 수십 번씩 광고에 나오는 바로 그 여인이다.

본인은 모르지만 한국에선 이리냐의 브로마이드가 불티나 듯 팔린다. 늘씬한 몸매와 뇌쇄적인 미소, 그리고 아름다운 미모가 거의 모든 청년의 마음에 불을 지핀 때문이다.

잠시 이 둘의 출현에 시선을 주었던 지현이 먼저 입을 떼었다.

"두 분은……."

지현의 음성은 미약하게 떨리고 있었다.

"안녕하세요? 언니!"

"반가워요. 큰 언니."

"네……?"

언제 봤다고 아는 척이다. 게다가 환히 웃고 있다.

한국 속담에 웃는 낯에 침 못 뱉는다는 말이 있다. 지현은 저도 모르게 말을 이었다.

"아! 네에. 저도 반가워요."

"언니, 언니가 지현 언니죠? 전 연회예요."

"큰 언니, 저는 이리냐라고 해요."

"아! 네에. 권지현 맞아요."

같은 순간, 현수는 깊은 고뇌 때문에 상념에 잠겨 있느라 둘의 출현을 알지 못하고 있다. 그렇기에 표정의 변화 없이 여전히 수면만을 초점 없는 시선으로 바라보고 있었다.

"뭐라고요? 말도 안 돼!"

말을 마친 지현이 화를 버럭 내곤 밖으로 나간다.

"응……?"

느닷없는 큰 소리에 뒤를 돌아보았던 현수는 성큼성큼 걸어 나가는 지현을 보았다. 그런 그녀의 뒤에는 난감한 표정을 짓고 있는 연희와 이리냐가 있었다.

"지현 씨!"

현수가 서둘러 쫓아 나갔지만 지현은 벌써 아래층을 다 내려가 현관 밖으로 나가는 중이다. 너무도 화가 나 가지고 왔던 캐리어 등을 내버려 둔 채 몸만 빠져나가는 것이다.

지현은 방금 전 연희와 이리냐로부터 현수와의 관계에 대한 이야기를 들었다. 상식적으로 말도 안 되는 소리이기에 더 들을 것도 없어서 큰 소리를 내고 나온 것이다.

"지현 씨……!"

서둘러 쫓아 나간 현수가 지현의 손목을 잡았다.

"이거 놓으세요. 제가 그랬죠? 여기에 하렘 차렸다고요."

"지현 씨!"

"저, 현수 씨가 이런 사람인 줄 몰랐어요. 세상에 어떻게……. 내 가방 주세요. 당장 귀국하겠어요."

"지현 씨! 내 말 좀 들어봐요."

"아뇨. 안 들을래요. 가방이나 주세요."

찬바람이 씽 분다는 표현은 이럴 때 쓰라고 있는 듯 지현은 단호한 표정을 짓고 있었다.

지금은 감성이 이성을 누르고 있는 상황이다. 그렇기에 어떤 말로도 설득되지 않는다고 판단할 수밖에 없다.

"……! 알았습니다. 잠시만 기다리세요."

현수는 2층으로 올라가 지현의 소지품을 찾았다. 연희와 이리냐가 이제 어쩌면 좋으냐는 표정을 짓고 있다.

"괜찮아, 좋아질 거야. 그러니 너무 걱정 말아."

현수의 말에도 연희와 이리냐는 자신들의 성급함이 일을 망쳤다는 자책감 때문에 고개를 들지 못한다.

"괜찮다고 했잖아. 그러니 마음 쓰지 마. 알았지?"

둘의 대답도 듣기 전에 현수는 총총걸음으로 계단을 디뎠다.

"가요. 공항까지 태워다 줄 테니."

"아뇨! 그냥 택시 불러주세요."

여전히 냉랭한 지현이다.

"여기 치안이 별로 안 좋아요. 혼자 택시 타면 위험할 수도 있으니 태워다 줄게요."

"됐어요. 현수 씨랑 같이 가기 싫어요."

"……!"

"가방이나 어서 주세요."

한국 속담에 시앗을 보면 부처님도 돌아앉는다는 말이
있다.

현재 지현이 느끼는 분노는 본처가 남편의 사랑을 식게 한
첩과 처음 마주했을 때 느끼는 정도이다.

은연중 자신과 현수가 이미 부부라 생각하고 있기 때문이
다. 그도 그럴 것이 우미내의 예비 시부모님으로부터 며느리
로 인정받았기 때문이다.

현수는 찬바람이 도는 지현을 보곤 힘없이 가방을 건넸다.

"그럼 경호원으로 하여금 데려다 주게 할게요. 여긴 택시
부르기도 힘드니."

"좋아요. 마지막 호의는 받아들이겠어요."

말을 마친 지현은 시선조차 마주치지 않겠다는 듯 단호한
자세로 돌아선다.

잠시 그녀의 등을 바라보던 현수는 힘없는 발걸음을 떼었
다. 그리곤 피터스 가가바에게 지현을 공항까지 데려다 주고
오라는 지시를 내렸다. 물론 경호팀을 가동시키라 하였다.

콩고민주공화국 사람들도 애정 문제에 있어 이런 다툼이

있기에 가가바는 많은 걸 묻지 않았다.

잠시 후, 현관 앞에는 세 대의 차가 준비되었다.

"지현 씨! 모처럼 먼 길 오게 했는데 이런 결과가 빚어져 미안합니다. 변명하지 않겠습니다. 조심해서 가십시오."

"……!"

뒷좌석에 앉은 지현은 아무런 대답 없이 시선을 앞쪽에 주고 있다. 물론 입술은 굳게 닫혀 있다.

"미스터 가가바! 공항으로 모시게."

"네, 보스!"

쿵—!

부우우웅—!

현수가 뒷문을 닫자 선두 차량이 서행으로 빠져나간다.

뒤를 이어 지현이 탄 리무진이 가고, 후미의 경호 차량 또한 따라 나간다.

차들이 저택의 정원을 벗어나자 현수는 안쪽으로 들어섰다.

"현수 씨! 미안해요. 괜히 나서서……."

"아냐, 괜찮아. 그러니 마음 쓰지 마."

현수가 미안해하는 연희의 교구를 슬쩍 당겨 품에 안았다.

어느새 눈물 젖은 얼굴이 되어 있었기에 미안한 마음이 든 때문이다.

사실 연회가 이렇게 미안해할 일이 아니다. 먼저 만난 것도 연회이고, 현수가 오매불망하던 존재도 연회이다.

지현이 우미내 부모님의 환심까지 사지 않았다면, 그리고 권철현 고검장 부부와 할아버지까지 있는 식사 자리에 나가지 않았다면 지현은 그냥 도움을 준 여인일 뿐이다.

이리냐와의 관계도 그렇다. 현수는 연회가 있기에 이리냐를 어떻게든 떼어놓으려 했다.

자살미수 사건이 벌어지는 바람에 극적인 타결이 이루어지지 않았다면 이리냐는 지금쯤 이 저택에 없을 것이다.

지르코프로 하여금 데리고 가도록 했을 것이기 때문이다.

그런데 죄 없는 연회가 자신 때문에 눈물짓고 있으니 마음이 아팠다.

"연회 씨! 나는 정말 괜찮아. 그러니 이러지 마. 알았지?"

"현수 씨! 난 언니 맘 알 것 같아요. 그러니 이러지 말고 어서 따라가요."

"……!"

"가서 사정을 다 말하면 그러면……. 흐흑!"

"그래요. 어서 가서 데리고 오세요. 지금 언니도 울고 있을 거예요. 그러니 어서 따라가세요."

이리냐까지 끼어든다.

"으음……!"

현수는 내심 이렇게라도 정리가 되었으면 하는 마음이다.

지금 당장은 지현의 마음을 아프게 하는 거지만 나중에 더 좋은 남자를 만나게 하는 일이 될 수도 있기 때문이다.

"현수 씨! 어서 가요. 네? 가서 언니 데리고 와요. 내가, 아니, 우리가 잘 설득할게요."

"화가 많이 나서 어려울 거예요. 그러니 그냥……."

현수가 포기하려는데 연희가 아니라고 고개를 흔든다.

"지금은 놀라고, 화도 나고 해서 그러는 거예요. 여자 마음은 여자가 잘 알아요. 아마 언니도 지금쯤 이러고 간 거 후회할 서예요. 그러니 따라가 봐요. 네?"

"네에, 그래요. 어서 가세요."

두 여인의 계속된 채근에 현수는 고개를 끄덕였다.

"어휴……! 알았어. 그렇게 할게."

현수가 고개를 끄덕이자 이리냐가 안쪽으로 들어가 경호 2팀을 불렀다. 곧이어 세 대의 차가 현관 앞에 당도한다.

"같이 가요."

"그래요. 나도 갈게요."

연희와 이리냐까지 탑승한 차가 출발한 것은 지현이 떠나고 10분쯤 지나서이다.

"아이, 대체 어디까지 간 거죠? 왜 언니가 탄 차가 안 보이는 거예요?"

킨샤사의 시가지에는 한국과 마찬가지로 거미줄처럼 이어진 도로가 있다. 그렇기에 공항까지 어느 길을 택했는지 알 수 없는 노릇이다.

그렇게 도로를 주행하던 중이다.

콰아아앙ㅡ!

인근에서 갑작스러운 굉음이 터져 나오더니 시커먼 연기가 치솟기 시작한다. 그 순간 선도차량이 급정지한다.

끼이이익ㅡ!

"여기는 1호차! 전방에 테러 발생! 다시 한 번 말한다. 전방에 테러 발생! 2호차는 즉시 회차하라. 회차하라."

"……!"

경호 2팀장의 음성에 대체 무슨 일인가 싶어 전면을 두리번거리려는데 또 다른 소리가 들린다.

두루루! 두루루루루!

피용! 콰아앙! 피용! 콰아앙!

기관총 소리에 이어 유탄발사기라도 사용하는 듯한 소리가 난다.

"어서 회차하라. 어서 회차하라."

"보스! 차를 돌려야겠습니다."

말을 마친 경호원은 현수의 허락이 떨어지기 전에 후진 기어를 넣는다. 안전이 우선이기 때문이다. 3호차는 벌써 차를 돌려놓은 상태이다.

이제부턴 컨보이(Convoy)하는 선도차량이 되기 때문이다.

위이이잉─! 끼익! 덜컥! 위이이잉─!

급후진에 이어 브레이크음이 터져 나오고, 기어 변속 소리와 더불어 차가 튀어 나간다.

"보스! 길을 바꿔 공항으로 모시겠습니다."

"그래. 그렇게 해."

세 대의 차는 쏜살같은 속도로 다른 길을 찾아 이동했다. 하지만 얼마 지나지 않아 똑같은 행위를 반복해야 했다.

또 다른 테러가 일어난 것이다. 이번에 일어난 것은 반군으로 보이는 이들에 의한 관공서 테러이다.

아랍에서나 볼 수 있던 폭탄 실은 차량에 의한 테러이다. 관공서 건물이 반파되고 화염이 솟았다.

바로 눈앞에서 일어난 일이다.

반군이 관공서에 이어 가까이 다가갔던 현수의 차에 총격을 가하려는 순간 경호팀이 소지한 기관총이 먼저 불을 뿜는다.

두루루! 두루루루루! 두루루루루!

요란한 총성이 울려 퍼지는 동안 현수가 탄 차는 또 한 번 후진을 해 현장을 빠져나갔다.

"이게 대체 무슨 일이지?"

현수의 중얼거림에 경호 2팀장이 즉각 대답한다.

"반군들에 의한 테러입니다. 보스! 한동안 잠잠했는데 이놈들이 또 미친 거지요."

이런 테러가 벌어지면 정부로서는 대대적인 수색 및 반격을 가하지 않을 수 없다. 그렇게 되면 화력 및 인원이 열세인 반군들의 피해가 커진다.

다시 말해 테러를 할 때마다 자신들도 큰 손해를 입는다. 그럼에도 이런 미친 짓을 한다면서 고개를 절레설레 흔든다.

삐보, 삐보, 삐보!

왜에엥! 왜에엥! 위에엥!

여러 나라로부터 들여와서 그런지 출동하는 경찰차들의 소리가 각자 다르다. 현수는 자신이 끼어들 일이 아니기에 잠자코 앉아 있었다.

"보스, 공항 쪽으로의 이동이 아무래도 어려울 것 같습니다."

고개를 들어보니 어느새 길이 꽉 막혀 있다. 원인은 저 멀리서 시행되기 시작한 검문검색 때문이다.

현수는 대꾸하지 않았다. 내무장관과 아무리 가까운 사이라도 이럴 땐 협조해야 한다. 그리고 모든 길이 꽉 막힌 현재 차를 타고 날아갈 수도 없다.

마법으로 킨샤사 국제공항까지 날아가는 방법이 있다. 하지만 워낙 이목이 많이 있는지라 그럴 수 없다.

텔레포트를 하려 해도 좌표를 모르니 그것도 불가능하다. 현수는 안타까웠지만 방법이 없기에 입을 다물었다.

연희와 이리냐가 경호원들에게 방법을 물었으나 그들도 마찬가지이다. 꽉 막힌 도로 한복판에서 할 수 있는 일은 없기 때문이다. 그러는 동안에도 사방 골목에서 차들이 밀려 나온다.

점점 더 심한 교통 체증이 진행되는 것이다.

차를 돌려 지택으로 가기에도 많이 늦었다.

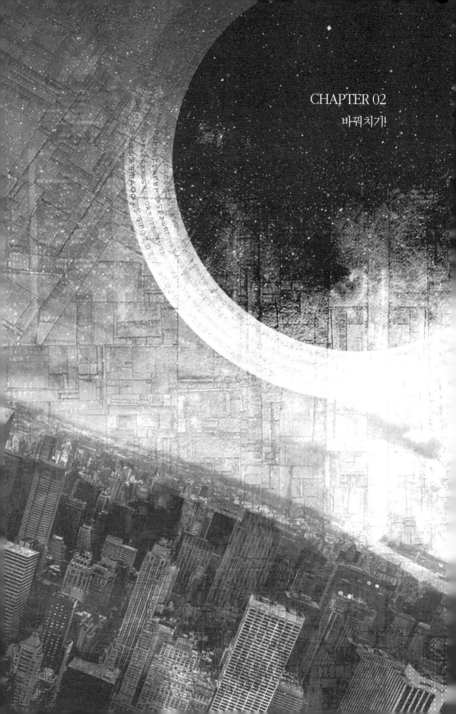

CHAPTER 02
바꿔치기!

일행이 공항에 당도한 것은 저택을 떠난 지 4시간 후이다.

지현은 현수가 당도하기 30분 전에 파리행 비행기를 타고 떠났다. 원래는 이럴 수 없다.

그럼에도 지현이 최단시간 만에 출국할 수 있었던 것은 피터스 가가바가 힘을 쓴 덕분이다.

입국할 때에도 관계기관에 연락하여 지현이 불쾌한 감정을 느끼지 않도록 배려했다. 하여 공항으로부터 저택까지 경찰차가 에스코트해 주기도 했다.

아무튼 피터스 가가바의 권력 덕분에 딱 하나 비어 있던 자리를 지현이 차지한 것이다.

허탈했지만 뭐라 할 수도 없다. 배려해 준 것이기 때문이다.

"현수 씨, 어떻게 해요?"

"할 수 없지. 내가 한국으로 들어갈 때 이야기해 볼게."

"저도 같이 갈까요?"

연희는 안타깝다는 표정이다.

"아냐. 그냥 여기 있어. 이제 곧 어머니도 오시잖아."

"그렇군요."

연희의 모친은 연락을 받는 즉시 주변정리를 했다.

꽃가게를 새로 얻은 게 아닌지라 살고 있던 집을 비우는 게 거의 전부이다. 전세난이 심했는지라 집은 금방 나갔다.

가재도구들은 업자를 불러 아주 헐값에 넘겼다.

버릴 수 없는 짐들은 국제 이삿짐센터에 배송을 의뢰했다.

그리곤 주변정리를 시작했다. 그러면서 친척들이 있는 지방으로 이사 간다고 이야기했다.

실제로 연희의 모친은 지방에 가서 전입신고를 했다. 꽃집을 하면서 알게 된 화훼농가 사람이 예전에 살던 집이다.

모두 경기도로 이사하고 빈집인 상태로 있기에 그곳에 거주하는 것처럼 꾸민 것이다.

천지화학 사람들이 찾아올까 싶어 연막을 친 것이다.

그리곤 연희가 하라는 대로 이실리프 상사를 찾아 민주영을 만났다. 그곳에서 재직증명서를 발급받고는 곧장 공항으로 향했다. 하여 현재 비행 중이다. 내일 도착 예정이다.

공항에 당도하면 지현이 그랬던 것처럼 경찰차의 에스코트를 받으며 저택으로 오게 될 것이다.

이것 역시 피터스 가가바 덕분이다.

이런 상황이니 연희는 귀국할 수 없는 상황이다.

하여 연희가 말꼬리를 흐릴 때 이리냐가 끼어든다.

"자기야, 우리 엄마는……? 엄마도 여기 와서 살면 안 돼요?"

"이리냐 어머님도……? 여기 오고 싶어 하셔?"

"우린 친척이 별로 없어요. 친구도 많지 않구요. 그리고 가난해요."

이리냐는 지르코프의 후원을 받아 글자 그대로 호의호식했다. 하지만 이리냐의 모친은 다르다.

노보로시스크에서 차를 타고 족히 3시간은 가야 할 촌에서 혼자 살고 있다. 남편과 아들을 체첸 사태[2] 때 잃고 거의 화전민이 되어 사는 중이다.

일가친척 중 사내 대부분이 그때 목숨을 잃었다. 하여 딱히 가깝게 지내는 이들도 없는 상황이다.

그렇기에 이리냐는 자신의 어머니도 연희의 모친처럼 킨

---

2) 체첸 사태:러시아로부터의 독립을 선언한 체첸공화국과 이를 반대하는 러시아 사이에 벌어진 전쟁과 폭력사태, 그로 인한 소요와 혼란을 총칭하는 말. 1994년 12월에 시작됨.

샤사로 모시고 싶다는 생각을 가지고 있었다.

다만 말할 기회가 없어 이야기하지 않았을 뿐이다. 그러다 저도 모르게 말한 것이다.

"어머니께서 원하시면 그렇게 해, 방은 많으니까."

저택에 상주하는 경호 인력과 하녀들은 1층과 지하층을 쓴다. 그렇기에 2층엔 여전히 빈방들이 있다.

그중 창밖 풍광이 그럴듯한 동쪽 끝 방은 현재 연희의 모친을 위한 공간으로 개조 중이다.

방 하나의 크기만 족히 50평은 되니 가구들을 들여놓아도 좁다는 느낌이 들지 않을 것이다.

그 방 건너 쪽도 크기가 비슷한 방이 있다. 그곳을 이리냐의 모친을 위한 방으로 내놓는다면 괜찮겠다 싶다.

연배가 비슷할 터이니 친구가 될 수도 있기 때문이다. 언어의 장벽이 있지만 통역 아티팩트를 만들어주면 될 것이다.

"어머, 정말이요? 정말 엄마 불러도 돼요?"

"그래! 오시겠다면 모셔와. 지르코프 보스에게 이야기하면 쉽게 성사될 거야. 그러니 전화해."

"아아! 고마워요."

이리냐는 오가는 사람들이 많건만 현수의 목에 매달려 환호작약한다.

"그렇게 좋아?"

"네에."

이리냐는 기분 좋음을 조금도 감추지 못하는 듯하다.

저택으로 돌아온 현수는 지르코프에게 전화를 걸었다.

먼저 이리냐의 모친을 부탁했다. 그 결과 초특급으로 모든 일이 이루어지기 시작한다. 그리고 곧 본론으로 들어간다.

"미스터 지르코프! 조만간 러시아로 들어갈 겁니다. 총리께 은밀히 전갈해 주시겠습니까?"

직접 전화를 걸어도 된다.

메드베데프의 직통 전화번호를 알기 때문이다.

그럼에도 지르코프를 중간에 끼는 이유가 있다. 자신에게 무한한 배려를 하고 있기에 키워주고 싶은 것이다.

아무튼 현수의 말에 지르코프의 음성은 착 가라앉는다. 보통 일이 아니라는 걸 직감한 때문이다.

"뭐라 전해 드리면 됩니까?"

나직하고 은밀한 음성이다.

"킨샤사로 화물기를 보내달라고 하십시오."

"네……? 화물기요?"

"화물 적재량이 대략 90톤 정도라면 알아들으실 겁니다."

"헐……!"

말이 90톤이지 비행기로 실어 나르기엔 무지막지한 양이다.

이쯤 되면 Ruslan[3]이란 이름으로 유명한 세계 최대 화물기 AN—124—100기가 와야 할 판이다.

길이 69m, 높이 22m, 날개폭 73m, 화물적재량 120톤, 자체중량 172톤짜리 대형 수송기이다.

대형 컨테이너는 물론 경비행기와 헬리콥터, 불도저 등과 기관차, 심지어는 로켓까지 운송이 가능하다.

90t 화물을 실을 경우 7,125㎞를 비행할 수 있다.

지르코프의 뇌리로 이 수송기가 떠오르고 있을 때 현수의 말이 이어진다.

"최대한 빨리 처리해 달라는 말도 해주십시오. 제가 좀 바빠서 그렇다고 하면 그 말도 알아듣습니다."

"네, 지금 즉시 선을 대어 금방 전갈 드리겠습니다."

"그럼 수고해 주세요."

전화를 끊었다. 그리고 불과 15분 후에 벨이 울린다.

"김현수 사장님! 지르코프입니다."

"네, 말씀하십시오."

"내일 도착하도록 하겠다는 말씀이 있었습니다. 그리고 빠른 준비에 감사한다는 말을 전해 달라고 합니다."

"알겠습니다."

전화를 끊고 가에탄 카구지와 연결을 시도했다. 당연히 반

---

3) Ruslan:러시아 공군의 대형 수송기

갑다는 음성이 들려온다.

"장관님, 자주 찾아뵙고 인사드려야 하는데 그러지 못해서 죄송합니다."

"하하! 아닐세. 요즘 깨가 쏟아진다는 소문을 들었네. 계약 체결식에 나왔던 두 미녀를 모두 차지한 걸로도 모자라 한국에서 하나가 더 온다면서? 하하! 젊음이 좋네, 아암, 한창 좋을 때지. 그래, 깨가 쏟아질 텐데 내게 왜 전화했나?"

"에구, 깨가 쏟아지다니요? 그냥 조금 좋을 뿐입니다."

"하하! 이 사람아 나도 귀가 있네. 두 미녀와 아주 행복해서 죽지? 부럽네. 하하하!"

가에탄 카구지가 격의 없는 너스레를 떤다.

"에구! 네에, 이실직고하죠. 요즘 행복해서 죽습니다."

"하하! 그래. 그렇게 인정하라고. 참, 자네 결혼식에 나 안 부르면 섭섭해할 거네. 알지?"

"네, 장관님과 대통령님은 꼭 부를 생각입니다. 그런데 한국에선 결혼하는 부부에게 하객들이 선물하는 풍습이 있습니다."

"오! 그래? 그건 이곳도 마찬가지이네."

"다행입니다. 근데 한국에선 친한 정도에 따라 선물의 규모가 달라집니다. 장관님께선 무얼 주실 건지 기대해도 되죠?"

"하하! 걱정 말게, 아주 큼지막한 걸 준비할 테니. 하하하!"

가에탄 카구지가 너털웃음을 터뜨린다. 그리곤 말을 이었다.

"그나저나 웬일인가? 내게 부탁할 일이라도 있나?"

"네에. 제가 한국에서 무역업을 하고 있는 거 아시죠?"

"알지, 천지약품에 의약품을 보내고 있다는 것도 알지."

"네, 그 회사가 러시아와도 교역을 합니다."

"러시아?"

"네, 드모비치 상사라는 곳인데 모스크바에 있는 종합상사입니다."

"흐음, 그런데?"

가에탄 카구지는 본론이 뭐냐는 듯 나직한 음성을 낸다.

"그곳에서 이곳에서의 산물을 긴급 수송해 달라는 요청이 있었습니다."

"이곳? 우리나라에서 나는 것? 뭘 보내달라는 거지?"

"과일과 채소입니다."

"과일과 채소가 급히 필요하다고? 그건 왜……?"

"저도 모릅니다. 다만 급히 필요하니 최대한 많이 보내달라는 요청만 받았으니까요."

"좋아, 어떤 걸 보낼 건데?"

"파파야, 수박, 파인애플, 토마토, 당근 등입니다."

가에탄 카구지는 고개를 갸웃거렸다. 이런 건 러시아에서도 많이 구할 수 있을 것이란 생각을 한 것이다.

그러거나 말거나 현수의 말이 이어진다.

"문제는 러시아에서 보내질 수송기입니다."

"수송기? 배가 아니고? 고작 과일과 채소를 가져가면서 수송기를 보낸다고?"

"네, 혹시 루슬란이라고 들어보셨습니까?"

"루슬란이라면 초대형 화물 수송기가 아닌가? 설마 그게 오는가?"

"네, 그걸로 하나 가득 보내달랍니다."

"끄응! 대체 무슨 일이지?"

"그건 저도 모릅니다. 그리고 오는 건 군용기라 합니다."

"흐음, 러시아 군용기라……."

"최소한의 승무원만 올 겁니다. 당연히 비무장이고요."

"좋아, 그렇다 치세. 그거의 입국 허가를 해주면 되는 건가?"

"네, 그리고 잠시 후부터 시장에서 필요한 것들을 매입할 텐데 혹시라도 매점매석의 의혹이 있을까 싶어 미리 양해를 구하려 합니다."

"흐음, 알겠네. 참고하지. 근데 그거 수출인 건가?"

"네, 이실리프 농산 이름으로 수출하려 합니다."

"자네, 약았군!"

"네……? 그게 무슨 말씀이십니까?"

가에탄 카구지의 말에 현수는 고개를 갸웃거렸다. 아무 뜻 없이 한 말이기 때문이다.

"이실리프 농산과 축산, 그리고 농장은 면세이며 치외법권으로 인정한다는 법안이 통과된 거 모르는가?"

"아! 그거요."

"이실리프 농산 이름으로 수출을 하면 세금이 면제되기에 한 말이네."

"그렇다면 그냥 보내고 세금을 내겠습니다."

"아냐, 굳이 그럴 필요 없네. 어차피 1차 산물인 농산물 수출엔 세율이 낮으니 그래 봐야 푼돈이거든."

"알겠습니다. 일단은 수출을 하고 나중에라도 적절한 보답을 하겠습니다."

"하하! 농담이네. 오늘 천지약품 무료급식소가 하나 더 늘었다는 보고를 받았네. 우리를 위해 이토록 애써주는데 그 정도는 봐줘야지. 안 그런가?"

"그저 호의에 감사드릴 뿐입니다."

통화를 마친 현수는 곧장 시장으로 나가 과일과 채소를 구매하기 시작했다. 시간이 촉박하기에 좌판에 있는 것들을 거의 모두 매입했다. 시장 상인들로서는 쌍수를 들고 환영할 일이다. 한꺼번에 모조리 사는 게 어찌 기쁘지 않겠는가!

매입한 것들은 컨테이너에 담겨 공항 쪽으로 보내졌다. 경호원들까지 동원된 일이기에 금방 끝났다.

과일 매집이 끝난 후 현수는 공항으로 향했다. 장관의 전화를 받았는지 관계자가 나와 응대한다.

현수는 컨테이너를 열어 내용물을 보여주었다. 말한 대로 과일과 채소뿐이다.

"어서 오십시오. 안드레이 파블류첸코 중령입니다. 이쪽은 부조종사인 로만 아르샤빈 소령입니다."

"반갑습니다. 김현수라 합니다."

"탑승하시지요. 화물 적재가 끝나는 대로 이륙하겠습니다."

"네."

중령의 안내에 따라 안내된 곳은 승무원 객실이다. 화물기인지라 창문도 없고, 좌석도 몇 개 없다.

"누추한 곳에 모시게 되어 죄송합니다."

"아닙니다. 어젯밤 무리해서 잠이 부족한데 잘 되었습니다."

"아! 그렇습니까?"

중령의 시선은 곁에 있는 이리나에게 향한다. 어젯밤의 무리라는 게 뭔지 짐작한다는 듯 웃음을 짓는다.

"에구, 그런 게 아니라 그냥 잠을 조금 설쳤다는 뜻입니다."

"하하! 누가 뭐라고 했습니까? 아무튼 양해하여 주시니 감사합니다."

"네에."

대화를 하는 동안에도 컨테이너들이 탑재되고 있었기에

탑승하고 얼마 지나지 않아 이륙한다는 방송이 나온다.

"심심하시면 조종석으로 오셔도 됩니다."

혹시나 해서 보낸 부종사의 말에 현수는 고개를 가로저었다.

"우리 신경 안 쓰셔도 됩니다. 이제 좀 잘 거거든요."

"네에, 그럼 좋은 시간 보내십시오. 착륙하면 오겠습니다."

부조종사가 나가고 문 닫히는 소리가 들린다.

"이리냐! 도착하려면 시간이 조금 걸릴 거야. 쉬어."

"네에, 그러지 않아도 그러려고요."

사방이 꽉 막힌 공간인지라 마땅히 할 일도 없던 이리냐가 현수의 한쪽 팔을 껴안고는 고개를 기댄다.

그렇게 잠시 시간이 지났다. 활주로를 박차고 오른 수송기가 안정 고도에 접어들자 현수의 입술이 달싹인다.

"슬립! 락!"

이리냐를 재우고 승무원 객실의 문까지 잠갔다. 이제부터 할 일이 있기 때문이다.

잠시 후, 현수는 뒷문을 열고 화물칸으로 향했다. 그리곤 컨테이너의 문을 열었다.

"아공간 오픈!"

시커먼 공간이 열린다. 현수는 박스에 담긴 과일 및 채소들을 하나씩 넣기 시작한다.

파인애플이 담긴 박스 하나가 아공간으로 사라지면 12.5㎏

짜리 금괴 하나를 꺼냈다.

한꺼번에 컨테이너 안의 내용물을 아공간에 담으면 무게가 급격하게 줄어든다. 이는 비행 중인 화물기에 영향을 끼친다.

감각 예민한 조종사라면 금방 눈치채고 화물을 확인하러 올 것이다. 그렇기에 일대일 교환 방식으로 컨테이너의 내용물을 바꿔치기하는 중이다.

"어휴! 이거 보통 일이 아니군."

거의 중노동이기에 현수의 입에서 한숨이 나온다. 박스가 끝도 없이 많았기 때문이다.

아무튼 모든 내용물이 바뀌었다.

컨테이너 안에 있던 야채와 과일은 아공간으로 사라지고, 황금빛 번쩍이는 금괴들이 바닥에 깔린 것이다.

"잠시 후, 이 수송기는 모스크바 인근에 위치한 브이코보 공항에 착륙합니다. 안전벨트를 매주시기 바랍니다."

브이코보 공항은 1933년에 만들어졌다. 제2차 세계대전 당시 이 공항은 군사공항 위주로 운용되었다.

이후 가까운 국내선들이 이용하는 공항으로 운영되었다. 그리고 지난 2010년 임시 폐쇄 조치가 내려져 현재는 사용치 않는 공항이다.

푸틴과 메드베데프는 사안의 중대성과 보안을 고려하여

이곳을 선택한 것이다.

무사히 착륙하였다는 멘트를 듣고 안전벨트를 풀었다.

"좁고 갑갑한 곳에 계시게 하여 죄송합니다."

"아이구, 아닙니다. 덕분에 편히 잤습니다. 감사합니다."

현수와 이리냐는 기장의 안내에 따라 트랩을 밟고 내려섰다.

"어서 오십시오. 반갑습니다."

"아! 안녕하십니까? 반갑습니다."

현수를 맞이한 것은 안드레이 이바노비치 데니소프이다. 메드베데프가 대통령일 때 비서실장을 했던 인물이다.

"먼 길 오느라 애쓰셨습니다. 이쪽으로 오시지요."

푸틴이 재집권한 후 재무장관직으로 자리를 옮긴 사람이지만 현수를 대함에 있어 추호의 거만함도 보이지 않는다.

오히려 너무 정중해서 현수가 미안할 지경이다.

아무튼 데니소프의 안내를 받아 리무진에 탑승하자 차는 금방 출발한다. 그러는 동안 화물 수송기에 담겨 있던 컨테이너들이 트레일러에 실린다.

물론 민간이 아닌 군용 트레일러이다. 이것들은 모종의 장소로 옮겨진 뒤 로스차일드에게로 은밀히 보내질 것이다.

내놓고 처리할 일이 아니기 때문이다.

이는 로스차일드에서도 원하는 일이다.

89톤이나 되는 황금이 시중에 흘러나왔다는 소문이 들면 자신들이 보유한 금값이 하락하게 된다.

그렇기에 은밀히 건네받기를 바라는 것이다.

아무튼 차로 이동하는 동안 데니소프가 정중히 고개 숙인다.

"총리와 대통령님으로부터 말씀을 들었습니다. 감사합니다."

"에구, 감사는요. 제 능력에 닿는 일이라 가능한 일이었을 뿐입니다. 아무튼 도움이 되니 다행입니다."

리무진은 경찰차의 에스코트와 경호 차량의 호위 속에서 대통령궁으로 향했다.

"어서 오십시오. 미스트르 킴!"

"다시 만나니 반갑습니다. 김현수 씨!"

"아! 안녕하십니까? 대통령님! 그리고 총리님!"

현수가 공항에 당도한 시각은 대략 오후 8시이다. 그리고 지금은 9시에 가까운 시각이다.

그런데 푸틴 대통령과 메드베데프 총리가 자신을 기다리고 있다. 그렇기에 현수는 얼른 고개를 숙여 예를 갖췄다.

"자아, 이쪽으로……."

메드베데프의 손짓에 따라 복도 안쪽의 방으로 들어가니 음식들이 차려져 있다.

"먼 길 오는 동안 제대로 접대를 못했습니다. 아직 식전일 테니 같이 식사나 합시다."

"감사합니다."

현수는 또 한 번 고개를 숙여 사의를 표했다.

잠시 후, 현수는 푸틴, 메드베데프, 그리고 데니소프와 동석한 채 음식을 먹기 시작했다.

음식은 맛이 있었고, 식사 시중을 들어주는 비서실 여직원 덕에 부족함 없이 배를 채웠다.

그러는 동안 많은 찬사를 들었다.

자신들의 요청에 대해 거의 즉각적인 반응을 보여주어 고맙다는 것이 첫 번째이고, 빠른 시간 내에 금괴를 준비해 준 것이 두 번째이다.

식사하는 동안 다가왔던 비서실 직원이 푸틴의 귀에 현수가 가져온 황금에 대해 보고를 했다.

순도 99.9%짜리 금괴 89톤이라는 보고이다.

이후의 대화는 가스관 연결 공사에 대한 것이 주가 되었다. 받을 것 받았으니 줄 것은 확실하게 챙기겠다는 약속도 한다.

"가스관 연결 공사도 천지건설에서 맡게 되는 겁니까?"

"일부는 그렇게 하겠지만 어찌 전부를 하겠습니까? 러시아 건설회사와도 같이 일을 해야지요. 안 그렇습니까?"

"그래주면 우리야 고맙지요."

메드베데프는 속내를 감추지 않고 고개를 끄덕인다.

"일단 턴키베이스로 천지건설에서 수주하는 걸로 하죠. 그 걸 부분별로 나눠 공사하면서 적절히 쪼개주면 될 겁니다."

메드베데프 총리의 말이다.

한편, 푸틴은 별말이 없다. 몹시 폼을 잡는다는 생각에 피식 웃었다. 이를 보았는지 빤히 바라보며 묻는다.

카리스마 작렬이다. 하지만 현수 역시 한 카리스마 하지 않는가! 그렇기에 별다른 영향은 받지 않았다.

"미스트르 킴! 왜 웃습니까? 내 얼굴에 뭐 묻었어요?"

"네? 아! 아무것도 아닙니다."

"아니긴요? 왜 날 보고 웃죠?"

푸틴이 끼어들었기에 대답하지 않을 수 없었다.

"솔직히 말씀드리면 대통령님에 대한 소문이 생각나서요."

"나에 관한 소문? 그게 뭐죠?"

"진짜인지를 알 수 없지만 한국에선 대통령님이 독살에 대한 우려가 편집중 수준이라고 알려져 있습니다. 아! 죄송합니다. 제가 결례의 말씀을 드렸습니다."

현수는 얼른 고개 숙여 사과했다. 한 나라의 대통령에게 편집중이 있다는 말을 한 때문이다.

그런데 정작 당사자인 푸틴은 아무렇지도 않다는 표정이다.

"흐음, 그게 거기까지 소문이 났답니까? 하여간 소문이 란……."

"죄송합니다."

현수가 다시 사과했다. 이에 푸틴은 손사래를 친다.

"아닙니다. 사실인걸요. 나의 집권에 대해 반감을 품은 이들이 워낙 많으니 당연히 조심해야 해서 그런 겁니다."

푸틴은 독살에 대비하고 있음을 굳이 감추지 않았다.

"그래도 죄송합니다. 제가 괜한 이야길 꺼냈습니다. 그런데 제가 한 말씀 드려도 되겠습니까?"

방금 전 현수의 뇌리를 스친 두 가지 상념이 있다.

하나는 푸틴의 막내딸인 예카테리나 푸티나(26, 애칭 카챠)가 한국인 제독의 차남과 핑크빛 소문이 났었다는 것이다.

이것은 곧바로 기사화되었다. 둘의 결혼을 기정사실화하는 보도가 있었던 것이다.

푸틴은 일절 언급하지 않았다. 그만한 루머에 러시아 대통령이 나설 일은 없기 때문이다.

하지만 제독은 즉각 아니라는 뜻을 밝혔다. 혹시 양국 관계에 누를 끼칠까 싶어서이다.

그 보도가 진실이었는지 여부는 아직도 밝혀지지 않았다. 한국 언론사들의 일방적인 기사였기 때문이다.

아무튼 다른 하나는 현수가 독극물을 탐지하는 아티팩트를 만들 수 있다는 것이다.

멀린은 영국의 건국왕인 아더를 위해 엑스칼리버만 만든

게 아니다. 국왕이 된 이후 혹시 있을지 모를 독살을 대비하여 하나의 아티팩트를 만들어 주었다.

이것은 아더가 한시도 손을 떼지 않던 엑스칼리버에 장착되었다. 손잡이에 박혀 있던 작은 보석이 그것이다.

이것에 손을 대면 반경 5m 이내에 독극물이 있을 때 '찌르르' 한 느낌을 주도록 되어 있다.

현수에게 있어 푸틴은 외국의 대통령이다.

체첸과의 전쟁과 독재 등 내부적으로는 어떤지 몰라도 현수는 상당한 호감을 갖고 있다.

국가의 지도자로서 마땅히 갖춰야 할 여러 가지를 고루 갖췄다는 평가를 내렸기 때문이다.

푸틴이 집권한 이후 러시아는 경제적으로 성장하고, 정치적으론 안정되었다. 재벌들의 편을 들어주거나 눈치를 살피지도 않는다. 오히려 그들을 굴복시켜 자신의 뜻대로 움직이게 만들었다. 물론 어떤 면에서는 독재를 한다.

그럼에도 현수가 호감을 가진 이유는 이전의 한국의 대통령과 너무 비교되었기 때문이다.

한국엔 재벌의 눈치나 보고, 그 재벌이 법 위에 군림하려 함에도 철퇴를 가하지 못한 대통령이 있다.

국민의 건강 따위는 안중에도 없고, 오로지 자신과 파벌의 이익만을 위해 정의를 호도하던 언론이 비호하던 인물이다.

아무튼 현수의 말에 푸틴이 고개를 끄덕인다.

"제가 아는 한국인 중엔 독극물 탐지 기술이 있는 분이 있습니다."

"독극물 탐지 기술?"

들어 본 적 없는 말이기에 푸틴의 고개가 갸웃거린다.

"네, 어떻게 만드는 건지는 모르지만 오래된 기술인데 그걸 몸에 지니고 있으면 반경 5m 이내에 독극물이 존재할 경우 소지자에게 신호를 보내준다고 합니다."

"신호를 보내요?"

"네, 전기적 자극 비슷한 걸 보낸다고 합니다."

"호오……! 그래요?"

푸틴은 흥미롭다는 표정을 짓는다. 자신에게 필요한 물건이기 때문이다.

"혹시 동양에서 사용되는 부적이라는 걸 아십니까?"

"부적이요? 그게 뭐죠?"

"잡귀를 쫓고 재앙을 물리치기 위하여 붉은색으로 글씨를 쓰거나 그림을 그려 몸에 지니거나 집에 붙이는 종이입니다."

"겨우 종이에 글씨나 그림을 쓴 건데 그렇다는 겁니까? 효과가 신뢰 되지 않는군요."

"저도 그렇습니다만 한국에선 아직도 많은 사람이 부적을 지니고 다닙니다."

"……!"

"제가 방금 말씀드린 그것 역시 과학과는 거리가 먼 겁니다. 그래도 흥미롭다면 하나 얻어다 드릴 수는 있습니다."

"그래요? 좋습니다. 하나 부탁합니다."

푸틴 입장에선 밑져야 본전이다. 현수의 말처럼 효과가 있다면 더 말할 나위 없이 좋은 일이지만 아니라도 관계없다.

오늘은 러시아의 가스 관련 이권을 통째로 먹어치우려던 로스차일드의 야욕을 꺾은 날이기 때문이다.

현수에게 말하진 않았지만 그게 로스차일드의 요구였다. 채무를 조기 상환하든지 1년 6개월 후 전액을 상환하라 하였다.

그것을 지키지 못할 경우 러시아 최고의 국영 천연가스 회사인 가즈프롬의 경영권을 넘기라고 했던 것이다.

칼만 안 들었지 거의 강도나 다름없는 요구이다. 가즈프롬은 러시아의 부족한 재원을 채워주는 화수분이기 때문이다.

어쨌거나 현수는 푸틴의 말에 가벼운 미소를 짓는다. 그리곤 입을 열었다.

CHAPTER 03
잘될놈은잘돼!

전능의팔찌
THE OMNIPOTENT
BRACELET

"전화해서 크렘린궁으로 보내도록 하겠습니다."

"공보실장인 드미트리 페스코프 앞으로 보내주십시오."

"알겠습니다. 참, 사용법은 그것을 착용하고만 있으면 된답니다. 유효기간은 대략 5년 정도 될 거구요."

"알겠습니다. 참고하죠."

푸틴은 예의상 한 말이다. 하지만 나중에 후회한다. 한국의 누구에게서 얻은 건지 묻지 않은 것을……!

오늘 밤 현수가 만들 것은 미스릴로 만든 반지이다.

겉보기엔 평범한 은반지처럼 보이겠지만 안쪽엔 독물 탐

지 마법진이 그려져 있다. 아울러 독물이 있을 경우 소지자의 손목에 전기충격을 주는 라이트닝 마법진도 있다.

충격이 너무 강하면 안 되기에 약 5년 정도 유효할 작은 마나석이 박혀 있다. 하지만 보이진 않을 것이다. 모든 것이 보이지 않도록 또 다른 마법진이 그려질 것이기 때문이다.

"자아, 이제 본론으로 들어갑시다. 시베리아 가스전에서 생산될 가스관과 관련된 의중을 알고 싶습니다."

"네, 제 의견은 이렇습니다."

현수는 의중에 담고 있던 이야길 꺼냈다.

가스관 공사는 국영 기업인 가즈프롬에서 발주한다. 거의 러시아 정부가 내는 것과 다름없다.

논의된 것은 동시베리아 야쿠티야 자치공화국에 위치한 '차얀다' 가스전이다. 이곳엔 약 1조 2천억㎥의 가스가 매장되어 있는 것으로 평가된다. 이 가스전과 극동 블라디보스토크를 연결하는 파이프라인만 약 3,200㎞이다.

러시아 정부 추산으론 차얀다 가스전 개발만 4,300억 루블(약 15조 원), 가스관 건설은 7,700억 루블(약 26조 8천억 원)이 들 것으로 예상한다.

현수가 맡기로 한 것은 이뿐만 아니라 블라디보스토크에서 북한을 거쳐 남한까지 이르는 구간의 공사이다.

당연히 어마어마한 액수가 된다.

콩고민주공화국에서 수주한 2,432㎞짜리 4차선 고속도로 공사보다도 더 큰 금액이다.

러시아 정부는 이전에 언급했던 대로 북한이 구소련에서 차입한 채무 110억 달러에 대한 이자 90%를 탕감해 주기로 했다. 물론 채무 자체가 사라지는 것은 아니다.

현수는 어차피 못 받을 것이니 이자 전액을 탕감할 것을 요구했다. 그리고 가스관이 북한 영토를 통과할 경우 최대 2억 5천만 달러 정도의 비용을 지급해야 함을 설명했다.

계산상으론 44년만 지나면 모든 부채가 탕감된다.

하지만 이마저도 양보할 것을 요구했다.

44년이 아니라 24년간 무상으로 사용함으로써 소련과 북한 간의 모든 채권 채무가 사라지는 것으로 하자 한 것이다.

러시아보다는 같은 동포가 사는 북한 편을 든 것이다. 그리고 경제적 난관을 겪기에 도움을 주고자 한 말이다.

밑져야 본전이라 생각하고 한 말인데 푸틴이 즉각 찬성한다. 거의 망해가는 나라 북한을 상대로 빚을 받을 것이란 생각을 하지 않았기 때문이다. 대신 북한 영토를 통과하는 것에 대한 모든 책무를 현수에게 떠넘겼다.

이전에도 러시아는 한국 정부와 이 문제에 대해 논의한 바 있다. 그때 협상이 결렬된 이유 가운데 하나가 바로 북한이다.

북한이 중간에서 가스를 훔쳐 쓰면 이에 대한 제재를 가하기 어렵다. 남한과 러시아의 공권력 적용이 어렵기 때문이다.

현수는 북한과의 관계를 알아서 하겠다고 했다.

그 결과 협상은 현수에게 많이 유리해졌다. 가장 골치 아픈 문제를 떠맡았기에 많은 양보를 받은 것이다.

아무튼 공사는 현수가 지정하는 건설 회사에서 한다. 현재로선 천지건설이 가장 유력하다. 직원 하나 잘 뽑은 덕에 아주 노다지를 캐는 셈이다.

아무튼 가스관 연결 공사가 끝나면 러시아의 국영기업 가즈프롬은 대한민국에 매년 1,000만 톤씩 50년간 천연가스를 공급한다.

이것에 대한 대가는 한국 정부가 이실리프 상사에게 지급한다. 가즈프롬이 지정한 브로커이기 때문이다.

하지만 평범한 중개인인 것만은 아니다.

이실리프 상사는 가스관 연결 공사의 지분 절반을 가진 브로커이다. 나머지 절반은 공사에 참여한 건설사들이 나눠 갖게 된다. 이들은 가스관 사용료를 별도로 지급받게 된다.

아무튼 한국정부로부터 받은 돈 가운데 절반만 가즈프롬에 지급한다. 나머지 반은 이실리프 무역상사가 받는데 이는 황금 89톤에 대한 원금 상환 개념이다.

조금 더 정리하자면 현수가 맡은 가스관 연결 공사는 러시아에 빌려준 돈에 대한 이자일 뿐이다.

아무튼 모든 빚이 갚아지면 그때부터는 가즈프롬이 한국 정부로부터 직접 가스값을 받기로 했다.

물론 먼 훗날의 이야기이다.

푸틴과 메드베데프, 그리고 데니소프는 까탈스럽지 않았다. 현재 현수가 러시아에 베풀어주는 것이 얼마나 대단한 일인지를 누구보다도 잘 알기 때문이다.

협의가 끝난 후 푸틴은 이례적으로 현수와 깊은 포옹을 했다. 위기를 모면하게 해준 것에 대한 고마움의 표시이다.

뿐만 아니라 유대인들과 달리 집요한 요구를 하지 않은 것에 대한 감사의 뜻이기도 하다.

크렘린궁을 나서는 현수의 곁에는 이리냐가 있다. 회의가 진행되는 동안 다른 장소에서 융숭한 대접을 받았다고 한다.

이전의 그것과는 사뭇 달랐다고 좋아했다.

예전엔 단순한 견학생 대접이었다면 이번엔 완전한 VIP 취급이었던 것이다.

"그렇게 좋았어?"

"그럼요. 얼마나 정중한지 일국의 공주가 된 기분이었어요. 고마워요. 이 모든 게 현수 씨, 아니, 자기야 덕분이에요."

"그래? 그렇게 생각해 주니 내가 오히려 고맙군."

"어머, 아니에요. 제가 한 게 뭐 있어요? 전부 자기야 덕분이에요. 앞으로 잘할게요."

이리냐의 눈빛엔 사랑뿐만 아니라 존경의 빛도 어려 있다. 위대한 인물이라는 평가를 내린 결과이다.

"온 김에 어머니도 모시고 갈 거지?"

"그래주면 저야 좋지요."

"그래, 그럼! 그나저나 오랜만에 놀러 갈까?"

"어머! 정말요?"

이리냐의 얼굴이 급격하게 환해진다. 아직 어리기에 놀고 싶은 마음이 강하기 때문이다.

"전에 갔던 거기는 어떨까?"

"전에 갔던 데요? 아! 메트로요?"

"그래! 가기 싫어?"

"아뇨. 당근 가고 싶죠. 가요."

"하하. 좋아!"

현수와 이리냐는 대통령이 내준 리무진을 타고 모스크바 최고의 클럽이라 칭해지는 메트로로 향했다.

"어서 오십시오. 미스트르 킴!"

메트로 입구엔 세르게이 블라디미르 사장이 나와 있었다.

현수와 이리냐가 탄 대통령궁 소속 리무진이 당도하자 더이상 정중할 수 없을 정도로 깊숙이 허리를 숙인다.

주변에 관리인의 허락을 맡기 위해 줄 서 있던 러시아 청년들은 호기심 어린 눈빛으로 그들을 바라보고 있었다.

"오랜만입니다."

"미스트르 킴, 그리고 미스 이리냐! 저희 업소에 와주셔서 정말 영광입니다. 제가 안으로 모시겠습니다."

"고맙습니다. 그럼 부탁드립니다."

현수의 말에 세르게이는 또 한 번 허리를 꺾는다.

"어이구, 무슨 말씀을……. 이렇게 모시는 것만으로도 황송합니다. 자, 저를 따라오시지요."

한편, 이 장면을 바라보는 사내가 있다. 소위 나이트클럽의 수질 관리를 위해 채용한 관리인이다.

먼저 있던 친구가 잘리고 난 뒤 채용된 젊은 친구에게 세르게이가 한 말이 있다.

메트로엔 모든 동양인과 유색인종의 출입을 금한다. 다만 미스트르 킴과 그 일행만은 예외이다.

관리인은 당연히 현수의 얼굴을 모른다.

그럼에도 세르게이는 미스트르 킴에게 무례할 경우 그 즉시 파면될 것임을 경고했다.

그러면서 부언하기를 미스트르 킴은 메트로 클럽의 최고 VVIP라 했다. 다른 어떤 고객보다도 우선하니 결코 실수하지 말 것을 거듭해서 강조했다.

이에 신입 관리인이 물었다.

"보스! 방금 '다른 어떤' 이라 말씀하셨는데 만일 우리 클럽에 푸틴이 방문할 경우와 비교하면 어떻습니까?"

당연히 푸틴이 우선이라는 대답을 기대한 질문이었다. 하지만 세르게이의 대답은 예상을 깼다.

"푸틴보다 우선이다. 절대 결례치 마라. 그랬다간 알렉세이 이바노비치 보스의 분노를 산다. 무슨 뜻인지 알지?"

"헉……! 예 알겠습니다."

신입 관리인은 저도 모르게 차렷자세를 취하며 대답했다. 세르게이의 말이 무슨 뜻인지 그제야 단번에 이해한 것이다.

아무튼 그날 이후 대체 미스트르 킴이 누군가라는 생각을 했다. 나이가 몇인지, 어떻게 생겼는지, 무슨 일을 하는지 궁금했다.

그런데 조금 전 대통령궁 깃발을 단 리무진들이 당도했다.

모두 일곱 대이다.

하나만 귀빈용이고 나머지 여섯은 경호 차량이다. 이어폰을 낀 덩치들이 본인의 신분을 단번에 드러낸 것이다.

중앙의 차에서 내린 사람은 20대 중반 동양인이다. 그의 곁에는 신화에서나 나올 법한 절세미녀가 있다.

관리인은 드디어 말로만 듣던 인물이 출현했다 생각했다.

그러면서도 긴가민가했다. 하지만 이에 대한 쐐기는 사장이 박아준다. 세르게이는 지금껏 보여주지 않던 정중한 예로 동양인 청년을 맞이했다.

그리곤 더없이 공손한 자세로 직접 안내까지 한다. 이쯤 되었는데도 눈치 못 채면 바보 멍청이이다.

"어서 오십시오. 저희 업소를 방문해 주셔서 무한한 영광입니다. 안으로 드셔도 됩니다."

관리인이 현수와 이리냐에게 한 말이다.

이에 현수는 가볍게 고개를 끄덕여 주었었다. 이곳이 알렉세이 보스가 운영하는 곳이라는 걸 알기 때문이다.

그러면서도 입장료와 팁을 잊지 않았다. 수질 관리인은 엉겁결에 받아 든 것이 지폐임을 보고 사장의 눈치를 살폈다.

이걸 받아야 하는지 여부를 눈빛으로 물은 것이다. 세르게이의 시선이 미친 곳은 수질 관리인의 손이다.

1,000루블짜리 지폐 열 장이다. 일 인당 입장료가 400루블이니 나머지 9,200루블은 팁이다. 한화로 321,908원이다.

많다면 많고 적다면 적은 돈이다.

아무튼 세르게이는 돈 때문에 귀빈을 귀찮게 해서는 안 되기에 얼른 물러나라는 손짓을 한다.

이에 수질 관리인은 공손히 고개를 숙이며 물러난다.

한편, 줄 서 있던 러시아 청춘남녀들은 눈 찢어진 동양인 청년에게 메트로의 사장과 수질 관리인이 보여주는 극상의 예의를 보며 눈살을 찌푸렸다.

하지만 그 시간은 그리 길지 않았다. 경호 차량에서 내린 덩치들이 절대 무례하지 말 것을 경고한 때문이다.

누군지는 모르지만 엄청난 거물이라 생각한 러시아 청춘 남녀들은 잠자코 현수와 이리냐가 안쪽으로 들 때까지 찍소리 않고 바라만 보았다. 이곳은 아직 공권력이 막강한 힘을 발휘하는 나라이기 때문이다.

쿵, 쾅! 쿵쾅! 쿵쿵! 쾅쾅! 쿵쾅!

클럽 안에 발을 들여놓자 신나는 음악 소리가 들린다. 절로 어깨가 들먹일 분위기이다.

"자아, 이쪽으로 오십시오."

세르게이가 안내한 곳은 방음이 제대로 되는 룸이다.

"이렇게 저희 업소를 방문해 주셔서 다시 한 번 감사드립니다. 오늘의 모든 비용은 저희 업소가 드리는 작은 성의이니 부담 없이 즐겨주시면 좋겠습니다."

"하하, 네에. 고맙습니다. 한데 성함이……."

"아! 세르게이 블라디미르입니다. 이곳에서의 시간이 부디 즐겁기만을 바랄 뿐입니다."

세르게이는 현수의 곁에 찰싹 붙어 있는 이리냐가 원망스러웠다. 그녀가 없었다면 오늘 이곳을 찾은 미녀들을 안겨줌으로써 확실한 점수를 딸 수 있었을 것이기 때문이다.

"환대에 고맙습니다. 미스터 블라디미르! 알렉세이 이바노비치 보스께 고맙다는 말 꼭 하겠습니다."

"하하! 네에, 그래주시면 저야 감사하지요."

세르게이는 본인이 레드 마피아의 일원임을 감추지 않았다.

그리고 수많은 종업원을 거느린 중기업 대표쯤 됨에도 바싹 자세를 낮춘다. 그래야 할 대상이라 여긴 것이다.

잠시 후, 룸에는 현수와 이리냐만 남았다. 물론 술과 음식들은 완벽에 가까울 정도로 세팅되어 있다.

"호호! 역시 메트로예요."

"그치? 좋네."

"그런 의미에서 건배해요."

"좋아!"

이리냐와 현수는 클럽 메트로에서 두어 시간을 보냈다. 그동안 특급 경호를 받았음은 물론이다.

정부와 마피아 양쪽에서 신경 썼으니 불상사는 없었다.

물론 중간에 괜한 시비를 걸려던 녀석들이 없던 것은 아니다.

술 취한 녀석 몇이 눈 찢어진 황인종이 러시아 미녀를 끼고 있다면서 괜한 객기를 부렸다.

듣기에 거북한 욕설을 뱉던 그들은 조용한 곳으로 끌려가서 크렘린궁에서 온 양복 입은 스페츠나츠에게 작살나거나, 레드 마피아의 혹독한 맛을 톡톡하게 보았다.

뿐만 아니라 메트로의 고객에서 제외되었다.

블라디미르 푸틴과 메드베데프의 귀빈에게 까분 죄이고, 알렉세이 이바노비치의 손님에게 무례를 저지른 탓이다.

그러거나 말거나 현수와 이리냐는 신나게 놀았다.

그리고 이날 밤 현수와 이리냐는 리츠 칼튼 모스크바 호텔에 투숙했다. 전과 다른 점은 다른 방에 투숙했다는 것이다.

예전 같으면 이리냐의 육탄 공세가 있었을 것이다. 하지만 이날은 달랐다. 그럴 수가 없었던 때문이다.

노보로시스크의 지배자 지르코프가 이리냐의 모친인 안나 게라시보바 체홉를 데리고 와 있었던 것이다.

안나는 삶의 무게에 눌려 실제 나이보다 열 살은 더 늙어 보였다. 먹고 사는 것조차 힘들어 다른 러시아 여자들처럼 뚱뚱하지 않고 북어처럼 바싹 말랐다.

안나와 이리냐는 상봉의 기쁨을 눈물로 표현했다.

모녀지간이지만 안나에겐 전화가 없고, 이리냐에겐 교통비가 없어 오랫동안 연락조차 못 하고 지냈다고 한다.

쉴 새 없이 쏟아지던 눈물이 진정되고, 그간의 이야기가 모두 끝난 것은 두 시간이 지난 후이다.

이때까지 지르코프와 다른 방에 있던 현수는 안나를 보자마자 한국식으로 큰절을 올렸다. 그리곤 귀한 딸을 인생의 반려로 맞이하려 하니 허락해 달라는 말을 했다.

이때 현수가 쓴 말은 체첸어[4]이다.

이 말에 안나는 눈물을 쏟으면서도 기쁘게 웃었다. 현수가 평소에 사윗감으로 생각하던 체첸 사람이 아님에도 고개를 끄덕인 것은 그간 이리냐에게 있었던 이야기를 들은 때문이다.

현수가 하룻밤 인연으로 끝냈다면 이리냐는 몸 파는 여자가 되었을 수도 있다. 돈 없고 힘없는 여자들이 그러하듯 홍등가로 흘러갔을 확률이 매우 높다.

본인은 원하지 않지만 그녀의 미모를 이용해 돈을 벌고자 하는 나쁜 놈들이 그렇게 만들기 때문이다.

이리냐는 현수 덕에 공부를 계속할 수 있었을 뿐만 아니라 소원이었던 모델도 되었다. 그리고 깊이 사랑한다고 말했다.

그래서 현수의 여자가 되고 싶다는 말을 했을 때 안나는 흔쾌히 고개를 끄덕였다. 다만 현수에게 여자 둘이 더 있다는 말을 들었을 때만 멈칫거렸다.

사랑하는 딸이 외국인의 첩이 되는 것이라 생각한 때문이다.

하지만 지현과 연희에 대한 이야기를 모두 듣고는 다시 고개를 끄덕여 주었다.

다음 날 아침, 현수는 다시금 대통령궁으로 들어갔다.

그리곤 미처 논의하지 못한 세세한 부분들에 대한 이야기를 나누었다.

---

4) 체첸어 : 체첸 공화국에서 쓰이는 북동캅카스어족 나흐어파에 속하는 언어.

푸틴과 메드베데프는 자신들이 받은 도움에 대한 대가로 전향적인 양보를 해주었다. 덕분에 회담은 금방 끝났고, 현수는 많은 부분에서 이권을 얻을 수 있었다.

다만 아직은 공표하지 않기로 했다. 정치적인 문제가 남아 있기 때문이라 한다.

현수는 흔쾌히 고개를 끄덕여 주었다. 서로 도울 것이 많기에 배반하지 않을 것이란 믿음이 있었기 때문이다.

*　　　*　　　*

"하하! 어서 오시게."

"네에, 반갑습니다. 그간 안녕하셨죠?"

"그럼, 그럼! 오오, 이리냐! 많이 예뻐졌군."

현수를 따라 들어온 이리냐를 본 이바노비치의 눈이 커진다. 너무도 아름다웠기 때문이다.

대한민국 여성인 연희로부터 피부 관리는 어떻게 하고, 화장은 어떻게 하며, 옷은 어떻게 입는지 배운 결과이다.

"네, 보스가 잘 돌봐주신 덕분이에요."

이리냐는 진심을 담아 고개를 숙였다. 그만한 딸이 있어 그런지 이바노비치는 만면에 웃음을 짓는다.

"자아, 자리에 앉지."

"네, 보스!"

둘이 나란히 앉자 이바노비치가 흐뭇한 표정을 짓는다. 그러더니 문득 생각났다는 듯 이리냐에게 시선을 준다.

"이리냐! 지르코프가 후견인이라고?"

"네, 보스 덕분에 그분께 많은 도움을 받았어요."

이리냐가 고개를 끄덕이자 이바노비치가 은근한 표정을 지으며 입을 연다.

"듣자하니 홀어머니만 남았다고?"

"네, 아빠와 오빠는 전쟁 통에 돌아가셨거든요."

"흐음, 그거 유감이군."

"고맙습니다."

이리냐가 또 고개 숙여 사의를 표했다. 그런 이리냐는 잠시 바라보던 이바노비치가 입을 연다.

"이리냐, 내 딸이 되어주겠느냐?"

"네……? 방금 뭐라고……."

이리냐의 말은 길게 이어지지 못했다.

"내 양딸이 되어달라고 했다. 곧 미스트르 킴과 결혼한다는 이야기를 들었는데 식장에 같이 들어갈 아빠가 없지 않느냐?"

"그, 그건……!"

"내 수양딸이 되거라. 아빠가 되어 널 돌봐주마."

"……!"

이리냐가 뭐라 대답해야 할지 몰라 어리둥절할 때 현수가 입을 연다.

"이리냐! 축하해. 멋진 아빠가 생겼음을……!"

"네……?"

"보스께서 이리냐의 아빠가 되어주신다고 하잖아."

"……!"

"좋은 아빠가 되어주마. 이리냐."

"……!"

이리냐는 잠시 혼란을 느꼈는지 아무런 말도 하지 않았다. 같은 순간, 현수는 이리냐가 고개를 끄덕이길 바랐다.

이바노비치에게 있어 이리냐는 친딸보다 몇 살 어린 아름다운 러시아 처녀이다. 그리고 아주 중요한 거래처와 직접적인 연관이 있다. 게다가 장차 영향력을 가지게 될 수도 있다.

이리냐와의 관계가 밀접해지면 질수록 이바노비치는 안전한 거래, 더 많은 이득, 흔쾌한 협조 등을 기대할 수 있다.

뿐만이 아니다. 늘 신경 써야 하는 러시아 정부와의 관계 개선도 조심스럽게 예측해 볼 수 있다.

그렇기에 수양딸을 언급한 것이다.

똑똑해진 현수는 이런 속내를 모두 감지했다.

현수로서도 이리냐가 이바노비치의 수양딸이 되는 게 결코 손해 볼 일 아니다.

첫째, 러시아 내에서 벌이는 사업의 안전이 보장된다.

절대 권력자인 푸틴과 메드베데프는 이미 반 이상 넘어왔다. 여기에 밤을 지배하는 레드 마피아마저 가세한다면 어느 누구도 건드리지 못하는 언터처블이 될 수 있다.

둘째, 이실리프 무역상사가 보다 든든한 반석 위에 앉을 수 있다. 드모비치 상사에 더 많이 수출할 수 있고, 필요한 때엔 무엇이든 수입이 가능하다.

레드 마피아가 구하지 못하는 것은 거의 없기 때문이다.

셋째, 아직 아공간에 많이 남아 있는 황금을 무리없이 처분할 수 있게 된다. 이는 현수의 자금 동원력과 직결된다.

지금껏 많은 황금이 있으면서도 마음대로 꺼내서 쓰지 못했다. 출처를 밝힐 수 없기 때문이다.

이걸 러시아에서 처분하고, 그 돈이 투자금 명목으로 한국으로 흘러들어 간다면 마음껏 사업을 벌일 수 있게 된다.

"어떠냐? 시간을 좀 주랴?"

"아니에요. 아빠!"

이리냐가 함박웃음을 지으며 고개를 끄덕인다. 아빠 없이 자라는 동안 늘 든든한 그늘막이 될 존재가 있었으면 했다.

그러다 현수를 만났다.

자상하고, 배려심 깊으며, 순수하고, 착하다. 뿐만 아니라 엄청난 부자이며, 지구에 단 하나뿐인 마법사이다.

언제든지 자신을 지켜줄 능력이 있는 남자이다. 그렇기에 정신없이 빨려들어 갔다. 하지만 2% 부족한 점이 있었다.

사랑해 주는 남자로서는 100점짜리이지만 정신적 지주가 될 나이 지긋한 존재는 결코 될 수 없다.

이런 차에 이바노비치가 먼저 아빠가 되겠다고 한다. 물론 엄마와 재혼하겠다는 소리는 아니다.

이바노비치는 레드 마피아의 보스이다. 누군가에겐 냉혹한 철퇴를 가하는 존재일 수도 있다. 하지만 이리냐에겐 아니다.

처음 보았을 때부터 지금까지 정중했고, 배려심 깊었으며, 자상했다. 그렇기에 흔쾌히 고개를 끄덕인 것이다.

"하하! 이거 기쁘구나. 내가 오늘 아주 예쁜 딸 하나를 얻었어. 안 그런가, 이고르?"

"감축드립니다. 보스! 말씀대로 아주 예쁜 따님입니다."

늘 이바노비치의 뒤쪽에 서 있던 이고르가 험한 인상을 풀고 환한 웃음을 짓는다. 뭔가 언밸런스한 느낌이다.

하지만 지금 그게 중요한 것이 아니다.

"하하! 그렇지? 이고르! 조직에 내게 새 딸이 생겼음을 알려. 그리고 경호팀 구성하고."

"네, 보스!"

이고르가 밖으로 나가자 이바노비치가 환히 웃는다.

"이리냐! 내 딸! 우리 앞으로 잘 지내보자."

"네, 아빠!"

"하하! 하하하!"

"축하드립니다. 장인어른!"

"으응? 아! 아하하하! 하하하하! 그래, 그래! 하하하!"

현수의 말에 이바노비치는 잠시 멈칫거렸다. 느닷없는 말이었기 때문이다. 하지만 이내 속뜻을 알아들었다.

이리냐가 딸이 되었으니 이제 곧 장인이 된다는 뜻이었다.

"내게 오늘 예쁜 딸도 생기고, 사위도 생겼네. 오늘 같은 날 축배를 들지 않아선 안 되겠지?"

"찬성입니다. 맛있는 거 사주십시오."

"그래, 그러지! 이봐, 집에 연락해서 음식 좀 차려놓으라고 해. 마누라와 애들에게도 오늘은 일찍 들어오라고 하고."

"네, 보스!"

이바노비치의 명이 떨어지기 무섭게 명령을 전하러 밖으로 향한다. 셋만 남게 되자 이바노비치가 키폰의 버튼을 누른다.

삐리리, 삐릴리리, 삐리리!

백조의 호수의 선율이 잠시 울린다. 그리곤 웬 여인의 음성이 들린다.

"네, 보스!"

"이리냐를 내보낼 테니 백화점에 데려가서 멋지게 꾸며줘. 오늘부터 내 딸이니까 알아서 잘해."

"네, 보스!'

수화기를 내려놓고 이리냐를 바라본다.

"이제 곧 꿈 백화점으로 가게 될 거야. 가거든 가장 멋진 것을 골라. 비용은 신경 쓰지 말고. 알았지?"

"네, 아빠! 고마워요."

이리냐는 영리하다. 그렇기에 이바노비치의 호의를 거부하지 않았다. 지금은 그래줘야 할 대목이기 때문이다.

그리고 현수와 단둘이 할 말이 있어 내보낸다는 것을 알아차렸기에 겸양 부리지 않고 냉큼 일어섰다.

"다녀올게요."

"그래! 변신의 끝을 보여줘."

잠시 후, 현수와 이바노비치 이렇게 둘만 남게 되었다.

"자네와 이런 인연이 되다니……. 앞으로 잘해보세."

"네, 장인어른!'

현수는 부러 환한 웃음을 지었다. 법적 구속력 없는 가족이 되었지만 친해서 손해 볼 일 아니기 때문이다.

"지르코프에게서 보고받았네. 대한약품에서 발매한 쉐리엔의 유럽 판매권을 주어 고맙네."

"별말씀 다 하십니다. 어차피 유럽 판매망이 없어 새로 구축하려면 많은 돈이 들 일이었습니다. 장인께서 맡아주신다니 다행이라 생각했습니다."

현수의 말은 진심이다. 대한약품이 쉐리엔 등을 유럽에 판매하는 방법은 두 가지이다. 직접 유통망을 구축하는 것과 판매 대행을 지정하는 방법이다.

첫 번째는 이익은 보존되지만 많은 자본이 투입되어야 할 일이다. 직원도 뽑아야 하고, 관리 감독도 해야 한다.

두 번째 방법은 초기 투자는 적지만 이익이 반분된다.

둘 다 일장일단이 있다. 내부적으로는 두 번째 방법을 구상하고 있었다.

돈이 없는 것은 아니지만 대한약품은 아직 유럽 각국에 지사를 설치할 역량이 없는 회사이다.

프랑스에서의 유통은 세계 4위이자 유럽 1위 제약사인 사노피 아벤티스에게 맡길 생각을 했다.

영국은 글락소 스미스 클라인에게 맡기고, 스위스에서의 판매는 로슈에 일임한다.

미국은 얀센 또는 화이자, 독일은 바이엘 또는 베링거 잉겔하임 중 하나를 고를 것이다.

네덜란드는 베드나바이오텍, 스웨덴은 아스트라 제네카와 페링이라는 다국적 제약사의 유통망에 맡기려 했다.

그런데 드모비치 상사에게 유럽 판매를 일임하면 이 모든 번거로운 일을 덜 수 있다.

게다가 3년 후엔 판매망을 넘겨준다고 한다. 물론 합당한 비용은 지급해야 할 것이다.

이렇게 함으로써 대한약품은 두 가지 이득을 취할 수 있다.

첫째는 초기투자 비용이 거의 들지 않는다는 것이다.

둘째는 3년 후 판매망을 넘겨받을 때 이미 탄탄하게 구축된 상태라는 것이다.

여의치 않으면 드모비치에 더 맡겨도 싫지 않다고 할 것이다. 쉐리엔의 판매망은 황금알을 낳는 거위나 마찬가지이기 때문이다.

"참, 맥주를 구해달라고?"

"네, 체코산 부드바이저 200만 병이 필요합니다."

"허어, 그 많은 걸 어디에 쓰려고……? 참, 내가 상관할 일이 아니군. 알겠네. 최선을 다해서 구해주지. 그리고 전투화 6만 족도 필요하다고?"

"네, 이실리프 농산에서 일할 인부들에게 지급할 겁니다."

"그런데 내피는 왜?"

"혹시라도 발을 다칠까 싶어 그럽니다."

이바노비치는 뭔가 석연치 않았지만 캐묻지 않았다.

"알겠네, 사이즈만 알려주면 즉시 구해주지."

"참, 제가 미스터 지르코프와 사사로이 거래를 하려 합니다."

"사사로운 거래?"

"네. 드모비치 상사를 거치지 않는 거래 말입니다."

이바노비치는 정색을 하며 눈빛을 빛낸다. 그러거나 말거나 현수의 말이 이어진다.

"제가 알기로 레드 마피아엔 여러 보스가 있는 것으로 압니다. 상트페테르부르크와 예카테린부르크, 니즈니노브고로드, 카잔 등에 있는 분들까지요."

"흐음!"

이바노비치는 경쟁자들에 대한 언급에 심사가 불편한지 슬쩍 이맛살을 찌푸린다.

"노보로시스크는 러시아 도시 순위 3위에 랭크되었음에도 2강 3약에 끼지 못한다고 하더군요."

"그건 지르코프가 내 아랫사람이라 그런 것이네."

"아! 그렇군요."

"아무튼 그래서?"

대체 무슨 이야길 하려던 것이냐는 표정이다.

CHAPTER 04
첩을 위해 준비한 만찬

"저는 보스를 더 강력하게 뒷받침해 줄 세력이 있으면 좋
지 않을까 생각했습니다. 기왕이면 상트페테르부르크에 계
신 그분이 경각심을 가질 만큼 큰 세력이었으면 합니다."

"그래서?"

"제가 알기로 지르코프 보스는 보스께 절대 충성을 하고
있습니다."

"그래, 그 녀석은 의리가 있지. 배운 것도 많고!"

"네, 그래서 지르코프 보스를 조금 밀어주고 싶습니다. 이
리냐의 후견인이기도 하니까요."

"……!"

이바노비치는 현수의 의중을 짐작해 보려는 듯 실눈을 뜬다.

"보스는 현재……."

현수의 차근차근한 설명이 이어졌다. 지르코프가 커야 장인어른이 더 큰 인물이 된다는 말에 결국 고개를 끄덕인다.

사실 이바노비치는 그럴 수밖에 없다.

한없는 호감을 갖게 만드는 어펜시브 참 마법에 매혹되어 있는 상태이기 때문이다. 현수가 보스 자리를 지르코프에게 양보하라는 말을 해도 들어줄 정도이다.

그렇기에 현수의 말이 끝날 즈음엔 신경 써줘서 고맙다는 표정을 짓기까지 하였다.

결국 얼마나 많은 양이 팔릴지 모를 항온 재킷과 바지의 러시아 판매권을 지르코프에게 돌아갔다. 이것은 드모비치 상사를 통하지 않고 가칭 지르코프 상사로 수출될 것이다.

그리고 대한약품에서 발매할 NOPA와 홍익인간은 지르코프와 이바노비치가 공동으로 설립할 의약품 유통망을 통해 러시아 전역에 판매하는 것으로 결론이 지어졌다.

이 밖에도 상당히 많은 부분에 대한 의견이 오갔다.

시베리아에서 한반도로 들어갈 가스관 공사에 대한 이야기도 제법 오래 걸렸다. 공사비 자체도 엄청난 액수이지만 그에 투입될 인력 또한 무지막지하게 많기 때문이다.

회동이 끝난 것은 저녁 무렵이다. 이바노비치는 여전히 쇼핑 중인 이리냐에게 곧장 저택으로 오라는 전화를 넣었다.

"어서 와요."

"내 마누라 베르세네바일세."

"아! 반갑습니다. 김현수입니다."

현수가 고개 숙여 인사한 인물은 곱게 차려입은 50대 초반 귀부인이다. 모스크바의 밤을 지배하는 인물이 알렉세이 이바노비치라면 이 여인은 그를 지배하고 있다.

"우리 그이로부터 이야기 많이 들었어요. 생각보다 훨씬 젊은 분이시군요."

"하하, 네에. 제가 조금 어려 보이긴 합니다. 저어, 이건 제 선물입니다. 급히 준비하느라 약소합니다."

"어머! 고마워요."

현수가 내민 작은 상자를 받은 여인은 50대이지만 40대 초반으로 보인다. 그리고 베르세네바 마리아 이바노비치라는 이름을 갖고 있다.

환히 미소 짓는데 희고 고른 치열이 보기에 좋았다.

한국과 달리 외국인들은 선물을 받으면 곧바로 풀어본다더니 베르세네바 역시 그러하다.

"어머! 이건……, 너무 예뻐요. 고마워요."

"마음에 드신 듯하여 다행입니다."

현수가 준 반지를 껴본 베르세네바는 계속해서 그것을 들여다본다. 한 번도 본 적 없는 디자인이기 때문이다.

이건 빌모아 일족을 방문했을 때 족장이 기념으로 준 것이다. 물론 드워프의 세공 솜씨이니 품질은 최상이다.

"안으로 들어가요. 음식 식겠어요."

"그러지. 자, 가세."

"네!"

이바노비치의 뒤를 따라 들어가니 주방장인 듯한 사내와 그의 조수들이 일제히 허리를 꺾는다.

대저택답게 열 명이 넘는다.

"흐음, 오늘 메뉴는 마음에 드는군."

구운 오리, 양갈비 구이, 꽃등심 스테이크 등을 본 이바노비치가 군침을 흘린다. 채식보다는 육식을 좋아하는 모양이다.

"여보! 손님도 있는데……."

베르세네바가 뭐라 타박하려 하자 이바노비치가 입을 연다.

"뭐, 어때. 이제 우리 사위인데."

"네……? 사위라뇨?"

딸들은 이미 시집가서 잘살고 있기에 베르세네바는 대체 무슨 소리냐는 표정을 짓는다.

"오늘 가족이 새로 생긴다고 했잖아."

"네에……! 그럼 두 아이 중 누구의 남편이 되는 거죠?"

말도 안 된다는 표정을 지으며 현수를 바라보는 베르세네바이다. 시집가서 잘 살고 있는 두 딸 가운데 누구를 이혼시킨 뒤 이 동양인에게 주려 하는지 어이없다는 표정이기도 하다.

그러면서 이바노비치가 전화로 했던 말을 떠올렸다.

오늘 새로운 식구가 생겨 기분이 좋다면서 음식 장만을 하라고 했다. 하여 누가 새로운 식구냐고 반문했다.

이에 이바노비치는 아주 예쁜 아가씨라고 대답했다. 대놓고 첩을 얻겠다는 통보로 오해할 만한 말이다.

하여 눈물을 흘렸다. 늙어가는 것만으로도 서글픈데 남편으로부터 새 여자를 들이겠다는 통보를 받았기 때문이다.

잠시 후, 환영 만찬을 준비하라는 통보도 받았다.

세상에 어떤 여자가 첩을 위한 만찬을 준비하면서 기분이 좋겠는가! 하지만 남편의 요구를 거절할 수는 없었다.

그러기엔 베르세네바는 너무 여린 성품이기 때문이다.

할 수 없이 조리사들을 총동원하여 할 수 있는 요리는 다 만들도록 하였다. 일종의 심통을 부린 것이다.

그렇기에 그야말로 상다리가 휘어질 정도로 푸짐하게 음식이 차려져 있다.

아무튼 한참 음식이 준비되는 동안 또 전화가 왔다.

드모비치 상사와 중요한 교역을 하는 이실리프 무역상사

의 김현수 사장도 동행한다는 말을 깜박했다는 내용이다.

이는 좋은 술과 안주를 준비하라는 뜻이기도 하다. 그래서 독한 술의 안줏감이 될 육류가 많은 것이다.

아무튼 베르세네바는 자리에 앉아서도 남편을 바라본다.

현수를 어떤 딸과 맺어줄 것이며, 새로 들인 여자는 왜 안 데리고 왔느냐는 뜻이다.

같이 오래 살아서인지 이바노비치는 금방 그 뜻을 이해했다.

"아! 이리냐는 곧 올 거야. 굼 백화점에서 여기까지 오는 길이 조금 밀린다고 했거든."

"굼이요?"

러시아 국영 백화점인 굼엔 온갖 명품 판매장들이 즐비하다. 이리냐가 그곳에서 출발했다 함은 쇼핑을 했음을 의미한다.

베르세네바는 레드 마피아 보스의 아내이지만 검소한 편이다. 그렇기에 굼에는 아주 가끔 갈 뿐이다. 세계의 일류 브랜드들은 거의 모두 있지만 가격이 비싸기 때문이다.

일 년에 겨우 몇 번 가지만 그것도 본인을 위해서가 아니다. 두 딸의 시부모가 되는 사돈들의 생일선물을 챙기기 위함이다. 남편의 위치가 있기에 약소한 선물은 할 수 없기 때문이기도 하다.

아무튼 남편이 새로 얻은 젊고 예쁜 아가씨는 굼에서 온갖 명품으로 도배되는 모양이다. 이에 심기가 불편하다는 표정을 지었다. 여러 모로 마음에 안 드는 것이다.

"그나저나 미스트르 킴이 사위라고 했는데 누구의 남편이 되는 거죠? 올가예요? 나타샤예요?"

"으잉……? 뭔 소리야?"

잘게 찢어놓은 오리구이에 포크를 갖다 대려던 이바노비치가 눈살을 찌푸린다.

"사위라면서요? 우리한테 딸은 둘밖에 없잖아요."

"하하, 하하하! 하하하하!"

이바노비치는 웃겨 죽는다는 표정을 지으며 호탕하게 웃는다.

"이이가……? 음식 앞에 두고 그렇게 웃으면 어떻게 해요?"

베르세네바는 사위가 될 현수가 싫은 표정을 지을까 싶어 노심초사하는 얼굴이다.

"하하! 하하하하!"

그러거나 말거나 이바노비치는 웃음만 터뜨리고 있다.

"아이고, 그만 웃어요. 그리고 누굴 이혼시킬 거냐고 물었잖아요. 올가예요? 나타샤예요?"

"하하! 하하하!"

"아, 왜 자꾸 웃어요? 말해봐요. 어떤 아이를 이혼시킬 거냐고요. 올가도 나타샤도 잘살고 있는데."

엄마로서 두 딸 중 하나의 행복을 깨는 것이 싫다는 표정이 역력하다.

"미스트르 킴은 이리냐의 남편이 될 거야."

"네? 이리냐요? 이리냐가 누구죠?"

"우리 딸, 오늘 새로 얻은!"

"네에……?"

베르세네바의 눈이 커진다. 그 순간 오늘 오후를 완전히 망쳐 버린 온갖 망상들이 한꺼번에 정리된다.

남편이 얻었다는 젊고 예쁜 여인은 첩이 아니라 수양딸이다. 그리고 드모비치 상사의 주요 거래처 가운데 하나인 한국의 이실리프 무역상사 대표 김현수는 그녀의 남편이다.

베르세네바의 표정이 급격하게 변하는 순간 현수가 자리에서 일어난다.

"다시 인사드리겠습니다. 장모님!"

"아……! 네에."

얼떨결에 인사를 받는 아내를 본 이바노비치가 너털웃음을 터뜨린다.

"하하! 하하하하!"

"치이, 당신이 제대로 설명을 안 해줘서 그런 거잖아요."

"그나저나 애들은? 왜 안 와? 늦는데?"

"아뇨. 제가 오지 말라고 했어요."

"왜?"

"젊고 예쁜 아가씨가 가족이 되었다면서요? 애들에게 새엄마가 생기는 건 줄 알고 연락도 안 했어요."

"뭐라고? 날 뭐로 보고……!"

베르세네바의 솔직한 대꾸에 이바노비치가 표정을 굳힌다. 마피아의 보스답게 강렬한 포스와 카리스마가 뿜어진다.

"내가 언제 바람피운 적 있던가?"

"아, 아뇨. 미안해요. 여보! 다신 안 그럴게요."

곧바로 꼬리를 내리는 베르세네바이다.

이바노비치는 분명 피도 눈물도 없는 마피아의 보스이다. 그럼에도 가정만은 소중히 여기는 애처가로 소문나 있다.

정부가 있음에도 늘 가정이 우선이었다. 베르세네바도 알고 있는 사실이다.

이때 문이 열리며 여인 하나가 들어선다. 이리냐이다.

슈퍼모델을 꿈꿀 만큼 늘씬한 몸매와 아름다운 얼굴만으로도 모든 게 커버된다. 여기에 이름난 명품이 더해지자 더없이 우아해 보이기까지 한다.

"아……! 이리냐. 어서 오너라."

"……!"

이바노비치가 이리냐를 향해 환한 웃음을 지을 때 현수는 멍한 표정을 지었다. 지금껏 이리냐는 평범한 의류만 입었다.

그런데 얼굴과 조화되는 세련된 디자인의 의복이 더해지자 요염함, 정숙함, 우아함이 더해진다. 여기에 백치미까지 가세하여 순간적으로 현수를 뇌쇄시킨 것이다.

　"어, 어서 와요."

　베르세네바 역시 이리냐의 미모에 놀랐는지 말을 더듬는다.

　"처음 뵈어요."

　"그래요. 우선 앉아요."

　"네."

　이리냐가 조신하게 자리에 앉는 동안 모두의 시선이 쏠렸다.

　지난 몇 시간 동안의 변신이 사람을 다시 볼 만큼 컸기 때문이다.

　"험험! 오늘은 새 딸이 생긴 날이야. 그러니 마음껏 들자고."

　"네!"

　이바노비치의 건배 제안에 모두가 잔을 들었다. 그리곤 즐거운 만찬이 시작되었다. 잠시 후 올가와 나타샤 부부가 등장했다. 새로 생긴 동생을 보기 위함이다.

　모두 친화력이 대단했다. 그 결과 만찬이 끝날 때쯤 이리냐는 진짜 막냇동생이 되어 있었다.

＊　　＊　　＊

"우와……! 너무 예뻐요."

지난 7월 28일 이바노비치로부터 선물 받은 저택에 당도한 현수와 이리냐는 입을 딱 벌렸다.

너무도 아름답게 꾸며져 있었기 때문이다.

이 저택은 대지 1만 평, 건평 2천 평짜리이다.

널찍한 침실 10개와 화장실만 12개이다. 이중 8개엔 샤워 시설뿐만 아니라 자쿠지도 설치되어 있다. 이밖에 10만 권의 책을 소장할 수 있는 서재와 수영장, 그리고 오디토리움 등도 있다.

1층은 층고만 10m 정도이다. 2층과 3층 역시 천정이 매우 높다. 하여 밖에서 보면 거의 7층 높이가 된다.

제정 러시아 시절 공작이 머물던 곳이라 그렇다.

안방이라 할 수 있는 70여 평짜리 룸엔 킹사이즈 침대가 있었다. 여전히 반투명 휘장이 처져 있고, 최상품 침구가 세팅되어 있지만 오늘과는 달랐다.

전에는 다소 휑하다는 느낌이었다. 그런데 지금 현수와 이리냐의 눈에 비치는 룸의 풍경은 확실히 다르다.

전에 없던 집기와 장식품들이 채워져 있고, 수많은 꽃송이로 장식되어 있다. 플라워 아티스트의 세심한 손길을 받은 듯 아늑하면서도 아기자기한 분위기를 느끼게 한다.

꽃이 싱싱한 걸로 미루어 짐작건대 지난 몇 시간 사이에 꾸며진 것이 분명하다.

"자기야, 정말 멋지지 않아요?"

"그래. 그렇군."

현수는 고개를 끄덕였다. 둘은 잠시 아름다운 꽃송이들을 감상했다. 장미, 튤립, 수선화, 백합 등 여러 종류의 꽃이 형형색색 자신만의 아름다움과 향기를 뽐내고 있다.

"자기야 샤워부터 해요."

"그래. 그럴게."

현수가 샤워실로 들어가는 동안 이리냐의 눈빛이 빛난다. 오늘 밤 반드시 역사를 이루겠다는 생각 때문이다.

그보다 더 궁금한 것은 이곳이 어찌 바뀌었나이다. 하여 이곳저곳을 뒤적였다. 어디에 뭐가 있는지 확인한 것이다. 룸 밖으로 나가 다른 방문을 열어보기도 했다.

누가 있는지 알아본 것이다.

현재 이 거대한 저택의 2층엔 현수와 이리냐 둘뿐이다.

레드 마피아와 크렘린궁에서 파견한 경호 요원들은 아래층 바깥에 대기 중이다.

전화기를 들자 호텔 룸서비스처럼 누군가가 응대한다.

이리냐는 와인과 간단한 안주를 부탁했다. 이바노비치의 저택에서 실컷 먹고 마셨지만 분위기 때문이다.

그리곤 다른 샤워실로 들어가 목욕재계를 마쳤다. 오늘 밤 진정한 현수의 여자로 거듭나기 위해 정성 들여 씻었다.

머리에 흰 수건을 두르고 목욕 가운을 걸친 채 나오자 현수가 입을 딱 벌린다. 뇌쇄적인 섹시함 때문이다.

촉촉한 시선으로 바라보는 이리냐가 신화에 등장하는 아프로디테와 다를 바 없이 보인 것이다.

문득 멍하니 있었다는 것을 자각한 현수는 얼른 상황을 바꿔야 한다 생각했다. 안 그러면 사고 칠 것 같아서이다.

몸의 일부분은 벌써 반응을 보인다. 하여 엉거주춤 일어설 수밖에 없었다.

"참! 이럴 게 아니라 집 구경부터 하자."

말을 마친 현수는 목욕 가운만 걸친 채 문을 열자 이리냐가 얼른 따라오며 팔짱을 낀다.

"같이 가요."

이 층엔 50여 개의 방이 있는데 그중 주인이 쓰는 방은 4개밖에 없다. 부부가 사용하는 침실과 손님들을 맞이했을 때 사용할 거실, 그리고 당구대가 있는 오락실과 장서 10만 권이 채워져 있는 서재이다.

그리고 각각의 방마다 화장실이 딸려 있고, 시중드는 하녀들이 사용하는 공간도 마련되어 있다. 이리냐의 결론은 2층은 오로지 주인을 위한 공간이라는 것이다.

"흐으음!"

서재에 발을 들여놓았던 현수는 서가를 채운 한국 서적들을 보며 나지막한 침음을 냈다.

이바노비치의 배려가 느껴진 때문이다.

편안히 앉아서 책을 읽을 수 있으라고 준비해 놓은 소파엔 편지 봉투 하나가 놓여 있다.

펼쳐 보니 투박하지만 정성 들여 쓴 러시아어가 보인다.

Длинная русская зима.
Отправить удобное для Вас время!
Надежда на углубление дружбы был готов.
　　　　　　　Ваш друг Алексей Иванович.
러시아의 겨울은 길다네.
이곳에서 편한 시간을 보내게!
우리의 우정이 깊어지길 바라며 준비했네.

　　　　　　　—친구 알렉세이 이바노비치가.

"……!"

현수는 순간 울컥하는 기분이 들었다.

보복 또는 위협이 두려워 알렉세이 이바노비치가 자신에게 끝없는 호감을 갖도록 어펜시프 참 마법을 걸었다.

그 결과 상대는 진심으로 이러한 배려를 하는데 본인은 그저 단순한 거래 상대자로 여기고 있었다는 것에 대한 미안함 때문이다.

현수의 곁에서 쪽지를 읽었던 이리냐가 가만히 고개를 기대온다. 그녀 역시 이바노비치의 진심이 느껴진 때문이다.

"가자."

"네."

현수가 먼저 침대에 눕자 이리냐가 가운을 벗고 이불 안으로 들어온다. 브래지어와 팬티만 걸친 채이다.

아내로 받아준다고 했으니 어떻게 되든 상관없다는 생각의 결과이다. 하지만 현수는 아무런 느낌도 없었다.

세월은 많이 지나지 않았지만 마법을 배워 세상을 바꾸는 중이다. 지구와 아르센 대륙 양쪽에 많은 변화를 일으켰다. 때마침 그것에 대한 진심 어린 상념에 잠긴 때문이다.

팔베개를 하고 누운 현수의 품을 이리냐가 파고든다. 저도 모르게 당겨 안고 보듬어주었다.

부드러운 살결이 느껴진다.

하지만 현수에겐 여전히 욕념이 없다. 앞으로 어찌할 것인지를 골똘히 생각하느라 여념이 없었던 때문이다.

클럽에서 노느라 피곤했는지 이리냐는 이내 고른 숨소리를 내며 잠에 빠져든다. 혹여 깰까 싶어 모든 움직임을 멈춘 채 잠시 기다려 주었다. 그리곤 조심스럽게 침대를 빠져나왔다.

다시 가운을 걸치고, 천천히 서성이다가 아래층을 지나 넓은 정원으로 나왔다. 그리곤 산책하듯 천천히 걸었다.

달빛은 교교했고, 저녁때 잠깐 비가 와서 그런지 다소 선선한 온도이다.

하지만 바디체인지를 겪으면서 한서불침이 된 현수는 이를 느끼지 못하기에 천천히 걸으며 상념을 정리했다.

저택을 두 바퀴 돌고 다시 침실 아래쪽에 당도했을 때이다.

부우우웅, 부우우웅―!

어디선가 휴대폰 진동하는 소리가 들린다.

감각이 고도로 발달되었기에 아래층 바깥에 있으면서도 침실 탁자 위의 진동이 느껴지는 것이다.

되돌아가 계단을 딛고 오를 때쯤이면 전화는 끊길 것이다. 왠지 이 전화는 꼭 받아야 한다는 느낌이 들었기에 지체없이 마법을 구현시켰다.

"플라이!"

신형이 둥실 떠오른다. 그리고 불과 1, 2초 만에 2층 침실에 당도한 현수는 손을 뻗어 탁자 위의 휴대폰을 들었다.

"여보세요."

"현수냐?"

"아! 어머니."

이곳 시각은 현재 밤 1시 30분이다. 한국과의 시차가 5시간인 것을 감안하면 우미내는 현재 오전 6시 반이다.

이른 새벽이지만 어머니의 음성은 잠겨 있지 않았다.

"현수야, 어찌 된 일이냐?"

"네……? 뭐가요?"

"새아가에게 이야기 들었다. 거기에 살림을 차렸다며? 여자가 다섯이라고 들었는데 진짜 아니지?"

"네? 다섯이요?"

"그래. 그 나라 아가씨 셋에 요즘 광고에 나오는 아가씨. 그리고 너 전무 된 다음에 뽑은 비서 이렇게 다섯을 데리고 산다면서?"

"어머니! 데리고 사는 건 아니고 그냥 같이 있는 거예요. 그리고 이 나라 아가씨들은 그냥 고용되어 있는 거구요."

현수의 말에도 어머니는 아랑곳하지 않는 모양이다.

"네 아버지 화 단단히 나셨다. 고검장님 얼굴 볼 면목이 없다면서……. 네가 어떻게 이럴 수 있니?"

화를 내면서 큰 소리를 지른다면 차분하게 대응할 수 있다. 그런데 어머니의 음성은 전혀 그렇지 않다.

"어머니, 제가 설명해 드릴게요. 그게 말이죠."

현수가 말을 이으려 할 때 어머니가 먼저 말씀하신다.

"국제 전화라 길게 통화할 순 없으니 일단 귀국하거라. 집에 와서 자초지종을 이야기해. 알았니?"

"네……?"

"회사고 뭐고 일단 들어오란 말이야. 네 아버지 지금 술병 나서 돌아가시게 생겼어, 이것아!"

"……!"

"너무 여자를 안 사귀어서 걱정을 했더니 이게 뭐니? 다섯 명이라니? 거기에 새아기까지 여섯을 데리고 살 생각이었어?"

"어머니, 그게 아니라니까요."

"긴말 필요 없다. 최대한 빨리 집에 와서 자초지종을 설명해. 안 그럼 네 아버지 장례식 치르게 생겼어. 알았지?"

"끄응! 알았습니다. 여기 일 정리 되는 대로 들어갈게요."

"그래. 그리고 새아가 화가 단단히 났으니 알아서 잘 풀어야 한다. 알았지? 다른 아가씨들은 모르겠지만 새아가는 절대 놓치면 안 된다."

"……!"

현수는 잠시 대답하지 않았다. 미안한 마음은 들지만 이번 기회에 지현을 정리할 생각을 품고 있었기 때문이다.

"아, 왜 대답을 안 해? 그럴 거야, 안 그럴 거야? 이 어민, 새아가가 마음에 쏙 든다. 그러니 안 그러면 너 안 본다."

"끄응……!"

현수가 나직한 침음을 낼 때 어머니의 말씀이 이어진다.

"너 없는 새에 고검장님과 네 아버지가 만나셨다. 만나서 기분 좋게 술도 한잔하고 들어오셨어. 그리고 해가 바뀌기 전에 식을 올리자고 말씀하셔서 날짜도 잡았다."

"헐······!"

현수는 본인도 모르는 결혼식 날짜를 잡았다는 소리에 저도 모르게 소리를 냈다.

"헐은 무슨······. 몇 안 되지만 친척과 친지, 그리고 성당 식구들에게도 모두 이야기해 놨어. 주임 신부님이 혼배 미사 집전을 해주기로 하셨고······. 내 얘기 듣고 있니?"

"네, 어머니."

너무 어이가 없는지라 뭐라 할 말이 없어 한 대꾸이다.

"네 결혼식은 올해 크리스마스이브인 12월 24일이다. 평생 결혼기념일 잊어먹지 말라고 네 아버지가 그날을 고르셨다. 사돈어른도 좋다고 하셨고."

"끄응······!"

현수는 또 나직한 침음을 냈다. 성질 급한 어머니는 말씀대로 동네방네 있는 소문 없는 소문을 다 냈을 것이다.

어쩌면 별 볼일 없던 아들이 수직상승하여 천지건설 전무이사가 되었을 때보다도 더 많은 통화를 하셨을 것이다.

서울고검장의 하나밖에 없는 딸이자, 5급 사무관이며, 절세미녀인 권지현이 너무도 마음에 든 때문일 것이다.

게다가 지현의 외조부인 안준환 옹은 현수의 할아버지께

서 독립군 전령 노릇을 할 때 독립군으로 활약하셨던 분이다.

권철현 서울고검장과 현수의 부친은 독립군 집안 간의 결합이라며 크게 기꺼워했다.

"아무튼 빨리 귀국해서 새아가 마음 돌리도록 해라."

"……!"

"아, 왜 대답이 없어? 그렇게 할 거지?"

"네. 어머니."

현수는 짧은 대답만 하고 전화를 끊었다.

무슨 말을 더 하겠는가!

대략 난감이라는 인터넷 용어가 문득 떠오른다.

어머니의 말씀을 정리해 보면 며느리로 권지현이 이미 결정되었다. 강연희와 이리냐에 대해선 묻지도 않았다.

인정할 수 없다는 뜻이다. 하지만 이쪽에선 이미 둘과 평생을 같이하기로 결정지었다.

하여 연희와 이리냐의 모친 모두를 불러들였다.

각기 하나밖에 없는 자식이니 가까이 머물러 있으면서 가족 간의 사랑을 나누라는 뜻이다. 물론 원하기만 하면 언제든 한국과 러시아로 되돌아갈 수 있다.

"대체 뭘 어쩌라는 거지? 휴우……! 정말 골치가 아프군."

난감하다는 표정을 지을 때 전화기가 또 몸살을 앓는다.

부우우웅, 부우우웅—!

번호를 보니 태백조선소 강전호 과장이다.

"흐음, 이 시간에 웬일이지? 여보세요."

"아! 김 전무님! 제가 너무 이르거나 늦은 시각에 전화 드린 건 아닌지 모르겠습니다. 지금 어디에 계신지 몰라서……."

"그건 괜찮습니다."

"감사합니다. 그럼 잠시 통화 좀 할 수 있을까요?"

"그러죠. 뭐 급한 용무라도 있습니까?"

"네. 전무님의 도움이 또 한 번 절실하게 필요해서 염치없다는 걸 알지만 전화 드렸습니다."

"에구, 염치없다니요? 우리 친구 하기로 했잖습니까? 친구 사이엔 그런 말 하는 거 아닙니다. 그건 그렇고 제 도움이 왜 필요한 거죠?"

"MSC 사와의 조선 계약이 너무 난항을 겪는지라……. 아폰테 사장님의 마음을 돌려주시면 안 되겠습니까?"

"아폰테 사장님의 마음을 돌려요?"

"네, 이번에 발주할 물량을 전부 오시마조선소에 주려는 것 같습니다."

"아! 오시마조선소요."

"네, 그쪽에서 파격적인 조건을 내놓은 모양입니다. 그래서 그쪽으로 마음을 굳히셨는지 저희와의 접견을 허락지 않고 계십니다."

"으음! 어떤 조건인지는 모르는 거구요?"

"네, 백방으로 알아보려 했지만 아직 모릅니다."

"한국에 아직 세바스티앙 오머린 부회장님 계신가요?"

있다면 전화를 걸어 알아보려는 의도이다.

"아뇨, 아쉽게도 그제 출국하셨습니다. 그리고 부회장님이 출국하신 뒤에 마음을 굳힌 것이라 통화를 하셔도 알아낼 게 없을 겁니다."

"흐음, 그래요?"

"네, 바쁘신 줄 알지만 시간 내실 수 있으면 잠시 귀국해 주십시오. 모든 비용은 저희 태백조선소에서 부담할 테니 아폰테 사장님과 한번 만나주십시오."

"……알겠습니다. 귀국하는 대로 연락드리겠습니다. 그런데 언제까지 들어가야 하죠?"

"빠르면 빠를수록 좋습니다. 언제 계약서에 도장을 찍을지 알 수 없어서 그럽니다."

"좋아요. 최대한 빨리 가죠. 그 전에 배에 대한 기본 상식이 부족해서 그러니 이메일로 배에 대한 내용을 알려주십시오."

"네……? 아, 네에, 알겠습니다."

현수가 출국한 이후 리앙뤼지 아폰테 사장은 삼성중공업 거제조선소 전무이사를 만났다.

이후에 대우조선해양 옥포조선, 현대중공업 울산조선, STX 진해조선, 현대 삼호중공업, 현대 미포조선 사람들과 접촉했다.

세계 10대 조선소 가운데 최상위 1위부터 6위까지 모두 만난 것이다. 그리곤 현대중공업과 먼저 협상을 시작했다.

현대중공업이 2012년 4월 '조선 IT 융합 혁신센터' 개소식을 갖고 조선 IT 분야의 신기술 개발에 나선 때문이다.

선박의 운항 정보를 모니터링 · 제어하던 기존 스마트십 1.0의 수준을 넘어 선박이 연비 · 배출 가스 등을 고려해 자동으로 최적의 운항 상태를 유지할 수 있는 업그레이드된 '스마트십 2.0'을 구현할 예정이다.

이 기술이 적용되면 선박의 경제적 운항 관리가 가능해 세계 해운업계의 주목을 받고 있다.

하지만 현대중공업은 이미 발주 받은 물량을 소화해 내기에도 어려움이 많아 MSC 사가 요구하는 초대형 컨테이너선 수주를 난감해했다.

비단 현대중공업뿐만이 아니다. 앞에 나열된 나머지 다섯 회사도 넘쳐나는 일감 때문에 바쁘다며 난색을 표했다.

이는 MSC 사가 요구하는 납기 때문이다.

아폰테 사장과 계약을 체결하면 이미 진행 중인 것들 가운데 일부를 스톱시켜 놓고 먼저 제작하여야 한다.

그렇기에 새로운 수주를 미련없이 포기한 것이다.

강자들 틈에서 기회만 엿보던 태백조선소가 아폰테 사장과 접촉을 시도했다. 이 일의 진두지휘는 권철 전무이고, 실무자는 강전호 과장이다.

같은 시기에 세계 13위인 오시마조선의 나카무라 쇼헤이 전무도 아폰테 사장과 연을 만들었다.

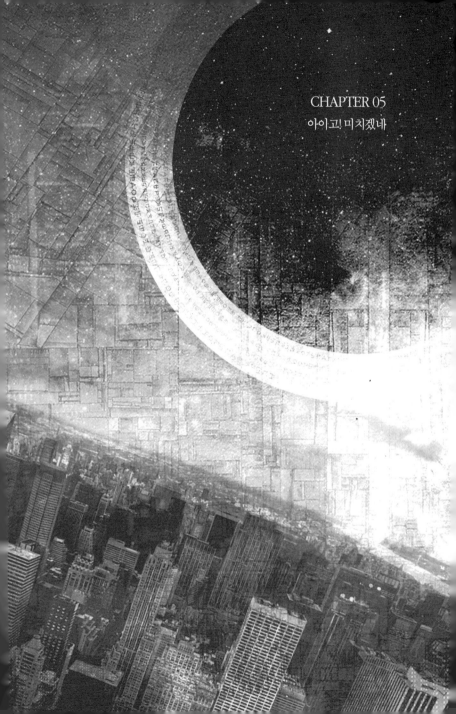

CHAPTER 05
아이고! 미치겠네

전능의팔찌

THE OMNIPOTENT
BRACELET

세계 14위인 태백조선소는 현대중공업이나 STX조선과 비교하면 상대적으로 작은 회사이다.

그리고 최첨단 신기술도 보유하고 있지 못하다.

반면 오시마조선소는 독자적인 기술을 보유한 기업이다.

나카무라 쇼헤이 전무는 MSC 사에서 요구하는 첨단기술이 접목된 컨테이너선을 원하는 시기보다도 앞당겨 인도할 수 있다고 장담했다.

오시마조선소는 2014년 인도 예정인 초대형 컨테이너선 10척을 건조하던 중이다. 선주인 노르웨이 선사 Axel Eitzen

사가 발주한 것이다.

최근 이 회사는 재정 위기를 맞게 되었고, 조선 계약은 파기되었다. 이것을 개조하여 인도할 생각인 것이다.

이것뿐만이 아니다. 오시마조선소는 태백조선소에서 제안한 가격보다도 싼값에 인도하겠다고 했다.

이게 가능한 것은 Axel Eitzen 사와 계약을 할 때 선수금으로 30%를 지불받았기 때문이다.

MSC 사로서는 솔깃한 제안이 아닐 수 없다.

실태를 파악한 태백조선소는 부랴부랴 견적 가격 조정에 나섰다. 뿐만 아니라 현대중공업에 기술 제휴 요청도 했다.

가만히 있다간 모두 빼앗긴다는 위기감 때문이다.

그럼에도 오시마조선소에서 제시한 가격엔 어렵다. 하여 포기하자는 분위기가 역력했다. 이익은 거의 없는데 도크만 차지하게 되기 때문이다.

권철 전무가 사장에게 MSC 사의 컨테이너선 건조 수주는 사실상 물 건너갔다는 보고를 할 정도이다.

하지만 포기하지 않은 사람도 있다.

의지의 사나이 강전호 과장이다.

전호는 아직 끝나지 않았기에 반전의 기회가 있을지도 모른다는 생각을 품었다. 그렇지만 가능성 희박한 계약을 되돌릴 뾰족한 방법이 있는 것은 아니다.

그럼에도 끝까지 포기하지 않은 이유는 베아트리체 때문이다. 세바스티앙 오머런을 따라 프랑스로 되돌아간 그녀는 출국하기 직전 하나의 약속을 했다.

이번 계약을 성사시키면 결혼해 주겠다는 것이다.

한국에 머무는 사이에 둘은 틈날 때마다 데이트를 즐겼다. 그러는 동안 전호에 대한 호감이 상승했다.

현수가 마법을 인챈트해 준 반지의 공이 크다. 하지만 베아트리체는 결혼을 결심하지 않았다.

문화적으로 다른 환경에서 자란 외국인이라는 이유와 상대적으로 자신보다 못하다는 생각을 갖고 있었기 때문이다.

그렇다 하여 전호와의 결혼을 100% 배제한 것은 아니다. 가능성이 있지만 10% 정도로 여겼다.

그럼에도 이런 약속을 한 이유는 운명을 믿기 때문이다.

전호가 자신의 짝으로 예정된 운명적인 사랑이라면 불가능에 가까운 MSC 사와의 계약이 체결될 것이라 생각한 것이다.

전호로서는 기필코 이 계약을 성사시켜야 할 이유가 되었다. 하여 이 궁리 저 궁리를 했다.

견적실에 상주하면서 어찌하면 납품 단가를 줄일 수 있을까를 알아보았고, 개발실에 수시로 드나들면서 클라이언트의 마음을 되돌릴 신기술은 없는지를 문의했다.

하지만 방법은 없다. 오시마보다 더한 기술은 없으며, 가격 또한 더 이상 낮출 수 없었다.

몹시 실망스러웠다. 하지만 강전호는 끝까지 포기하지 않았다. 그래도 안 되는 것은 안 되는 것이다.

어젯밤, 전호는 우정훈과 박창민, 이렇게 셋이 뭉쳐서 술을 마셨다. 이 자리는 밤새 이어졌다.

우정훈 과장은 승진하면서 옮겨간 부서에 적응하는 것이 너무 힘들다며 하소연했다. 담당 부서 부장이 술고래인데 날마다 술 상대를 해주느라 간이 녹는다는 엄살을 피웠다.

박창민 과장도 영전되어 간 본사 근무가 너무 힘들다며 하소연이다. 날마다 밤샘 작업을 해야 한다면서 이러다 지쳐서 쓰러지겠다고 했다.

그러면서도 둘은 잘 먹고, 잘 논다. 모두 엄살인 것이다.

헤어질 때쯤 대체 왜 그렇게 죽상이냐는 물음을 받았다. 이에 전호는 자신이 처한 상황을 설명했다.

이내 분위기는 침울해졌다.

계약이 성사되면 태백조선소는 세계 10위 이내로 도약한다. 그리고 연말 특별 보너스가 기대된다.

반면, 실패할 경우 침체한 분위기 때문에 한동안 상사의 눈치를 봐야 하는 비굴한 상황이 많을 것이란 예감 때문이다.

그러다 문득 현수 이야기가 나왔다.

걸그룹 다이안의 리더 서연과의 하룻밤을 성사시키지 못해 물 건너갔던 계약을 말 몇 마디로 되돌린 기적의 사나이이다.

전호는 현수가 콩고민주공화국의 수도 킨샤사에 있는 것으로 알고 있다. 서울과 시차가 8시간이다.

서울 시각으로 아침 6시 30분이면 킨샤사는 밤 10시 30분이다. 서울 사람으로 치면 늦은 시각이 아니지만 이쪽 사정은 모른다. 그래도 막무가내로 전화를 건 것이다.

아무튼 통화를 마친 전호는 곧바로 현재까지의 상황을 이메일로 보냈다. 아울러 선박에 관련된 각종 자료를 보내기 시작했다. 그리곤 사우나로 향했다. 회사로 출근할 것이 아니기 때문이다.

모처럼의 사색이 끝난 현수는 오지 않는 잠을 청하는 대신 컴퓨터를 부팅시켰다. 그리곤 이메일의 내용을 읽기 시작했다.

"흐으음!"

내용을 확인한 바 오시마조선소가 제시한 조건은 태백조선소에서는 불가능하다. 가격과 인도시기 모두 열세이다.

"남은 건 기술뿐이라는 건데……. 조선에 관련된 신기술이 뭐라고?"

현수는 나머지 이메일들도 차례로 열어보았다. 그 결과 선박에 관한 신기술이 어떤 것들인지를 파악할 수 있었다.

이 기술을 현수가 개발할 방법은 없다.

"흐음, 마법진을 쓰면 해결이 될까?"

첫 번째로 구상한 것은 스피드에 적용한 마법이다. 출력을 얻기 위해 가동되는 엔진의 효율을 올리면 디젤 소모량이 줄어들 것이다.

컨테이너 운반선이나 자동차 운반선은 평균 24~26노트(44~48km/h)로 운행된다.

그런데 선박은 물이라는 유체(流體)를 헤치고 가야 하기 때문에 엄청난 마찰 저항을 받게 된다.

그래서 10노트[5]를 가속할 경우 물의 저항은 세 배로 늘어나고, 이에 따른 연료 소모량은 속력의 세제곱에 비례하므로 여덟 배가 늘어난다.

예를 들어, 32만 톤의 원유를 싣고 16노트로 달리는 초대형 탱커의 하루 연료(중유) 소모량은 111톤이다.

10만 톤의 컨테이너를 싣고 26노트로 달릴 수 있는 초대형 컨테이너선(8,500TEU급)의 연료 소모량은 원유운반선의 갑절이 넘는 245톤이나 된다.

그런데 선박의 총 운항 비용 중 연료비 비율이 50~60%나

---

5) 노트(Knot):바다에서 배의 속도를 재는 단위. 1노트는 시속 1해리(海里). 1해리는 영국 해군성 공정(公定)의 1,853.2m, 국제 해리로는 1,852m에 해당한다. 또한 1노트는 시속 1.15법정 마일과도 거의 일치한다. 따라서 배가 20노트로 항해하는 것은 육상 차량이 시속 37km로 달리는 것과 같은 속력이다.

된다. 따라서 엔진 효율이 좋아짐은 경제성과 직결된다.

"흐음, 엔진을 손봐주면 좀 나아질까?"

현수의 이런 상념은 조선에 관한 일대 혁명이 된다.

MSC 사에서 건조 의뢰하려는 초대형 컨테이너 운반선은 하루 연료 소모량이 대략 346톤 정도가 된다.

이것에 현수의 마법진이 더해지면 그야말로 획기적인 결과가 나타난다.

첫째는 연료 소모량이 급격하게 줄어드는 것이다. 하루 소모량이 12분의 1로 줄어 일일 소모량이 29톤 정도로 줄어든다.

장기적으로 계산해 보면 태백조선소가 제값을 받아도 오시마조선소에서 제공하려던 것보다 이득이다.

둘째는 대형선박의 골치 아픈 문제점인 진동과 소음이 크게 줄어들게 된다.

이는 STX조선해양의 신기술에서 착안한 것이다.

현수는 선박 진동 원인 중 하나인 추진기 변동 압력을 상당히 감소시키는 마법진을 스크류에 그려 넣을 생각이다.

그러면 국제 관련규정(ISO 6954)에서 명시하는 허용치 9mm/sec보다 훨씬 적은 0.42mm/sec로 줄어든다.

진동과 소음 모두 제거되는 것이다.

마지막으로 상급 마나석을 사용해야 하는 마법진 하나가

더 그려질 것이다. 물론 마나 집적진까지 같이 그려질 것이기에 상급 마나석은 거의 반영구적으로 사용된다.

여기에 새겨질 것은 웨이트 라이트닝(Weight Lightening)과 그리스(Grease) 마법이다.

경량화 마법과 마찰계수를 줄여주는 마법이다.

이것이 구현되면 배 전체 무게가 줄어든다. 또한 헤치고 나가는 물의 저항이 확연히 떨어진다.

둘 다 연소 소모량과 직접적인 연관이 있는 마법이다.

현수는 메일을 하면서 떠오르는 생각들을 메모해 두었다.

이런 생각들은 훗날 엄청난 부담이 된다.

MSC 사와 CMA 오머런이 보유한 모든 선박의 엔진 개조 작업이 의뢰되기 때문이다. 하긴 개조만 하면 연료비가 12분의 1 이하로 떨어지는데 어찌 그냥 놔두겠는가!

경제성은 국제시장을 장악하느냐 못하느냐를 결정짓는 가장 중요한 요소이다. 그러니 요구하지 않을 수 없는 것이다.

소문이 번지자 삼성, 현대, STX, 대우 등 국내 굴지의 조선소들에게서 기술 제휴를 요청받는다.

하지만 어찌 기술, 아니, 마법을 전수해 줄 수 있는가!

현수는 정중한 거절을 한다.

대신 선박 엔진을 만드는 현대중공업, STX엔진, 두산엔진 등과 손을 잡는다. 방식은 이실리프 기술이라는 회사가 엔진

설치에 참여하는 것으로 정했다.

물론 이실리프 기술의 사주는 김현수이다.

그 결과 이 회사들은 넘쳐나는 일감 때문에 몸살을 앓게 된다. 하긴 전 세계 거의 모든 대형 선박의 엔진이 한꺼번에 교체되니 어찌 쉴 틈이 생기겠는가!

그 결과 천지그룹엔 천지엔진이라는 회사가, 백두그룹과 태백그룹엔 백두엔진과 태백엔진이라는 회사들이 생겨난다.

넘쳐나는 일감을 해소할 방법이 없었기 때문이다.

덕분에 한국의 조선업계는 승승장구한다.

반면 일본과 지나, 그리고 유럽과 여타 국가의 조선 사업은 그야말로 완전한 사양길로 접어든다.

한국 조선소들과의 경쟁에서 이길 방법이 없기 때문이다.

그 결과 한국의 조선소들은 규모를 열 배 이상 확장시킨다. 물론 상당히 많은 고용 효과가 발생된다.

"흐음, 이 정도면 될까?"

메모를 다시 한 번 간추린 현수는 나직이 중얼거렸다. 흡족하다는 표정이다. 그러다 문득 권지현과 어머니 생각이 난다.

"에효, 미치겠네. 어쩌지?"

화를 내고 돌아가 버린 권지현의 마음을 되돌리지 못하면 엄청난 압박을 받게 될 것이다.

"끄으응!"

현수는 나직한 침음을 냈다. 하지만 뾰족한 해결책이 없다.

권지현이 너그럽게 모든 것을 받아주지 않는 한 우미내 근처엔 얼씬거리지 않는 것이 신상에 이로울 것이다.

문제는 그렇게 되려면 뭔가 실마리가 있어야 하는데 그렇지 못하는 것이다.

"에구, 에구……!"

현수는 속이 답답함을 느꼈다. 그러다 문득 청량한 공기 오염되지 않는 자연으로 그득한 아르센 대륙이 떠올랐다.

"그래! 머리 아플 땐 조금 쉬는 게 상책이야. 가자. 마나여, 나를 아르센으로 데려다 줘. 트랜스퍼 디멘션!"

샤르르르르릉—!

현수의 신형이 또 안개처럼 스러진다.

*　　　*　　　*

"흐음, 돌아왔군."

주위를 휘휘 둘러보니 예상했던 대로 케발로 영지이다. 이곳은 여행자를 위한 시냇물이란 여관 뒤쪽에 있는 커다란 바위 뒤쪽이다. 물론 사람들이 없는 곳이다.

현수는 얼른 의복부터 갈아입었다. 이제부턴 다시 C급 용병이 되어야 하기 때문이다.

잠시 후, 이곳에서의 기억을 점검한 현수는 여관 아래층 주점으로 들어갔다. 그래야 2층에 오를 수 있기 때문이다.

"어서 옵… 어라, 손님!"

문을 열고 들어서자 의례적인 인사를 하던 꼬맹이가 얼른 입을 닫는다. 그 순간 앉아 있던 사내들이 일제히 일어선다.

대부분이 병사이지만 마법사의 로브도 보인다.

"……!"

현수가 자신에게 집중된 시선이 의아하다는 표정을 짓는 순간 익숙한 음성이 들린다.

"하인스, 어디에 갔다 왔는가?"

고개를 들어보니 라세안이다.

"잠깐 산책을……. 근데 왜 이래?"

"흐음, 잠깐 올라오게."

"……!"

현수는 고개를 갸웃거리곤 계단을 딛고 올랐다. 그에 따라 사람들의 시선도 이동했다.

"대체 왜 이래?"

"자네 마법을 썼나?"

"마법……? 그래. 그랬지."

"아래층에 있던 녀석들, 이곳 영주가 보낸 자들이네."

"케발로 영주? 그럼 하렌 자작이? 왜?"

현수는 여전히 영문을 모르겠다는 표정이다.

"어제 들었던 대로 영지전이 벌어질 모양이네. 하여 신경들이 날카로운 모양이야."

"대체 무슨 소리야?"

"그건 말이지. 어제 자네가……."

라세안의 설명이 이어졌다.

현수는 어제 이곳 영지에 당도한 이후 사슴 스테이크로 식사를 하고 2층에 올라 목욕을 했다.

그때 워싱과 클린, 그리고 데시케이션 마법을 구현시켜 의복을 세탁하고 건조했다. 그리고 영지의 기사단장인 죠반니 남작의 방문을 받은 바 있다. 그리고 얼마 후 텔레포트 마법으로 빌모아 일족이 사는 곳으로 이동하였다.

이곳 케발로 영지의 영주는 영지전 조짐이 보이자 곧장 비상령을 선포했다.

이전에는 용병들의 출입이 자유로웠다. 하지만 현재는 아니다. 들어오는 건 마음대로지만 나가는 것은 금한다.

상대방 진영 쪽에 붙으면 적의 전력이 강해지기 때문이다.

또한 모든 용병은 이번 영지전에 반드시 참여하라는 명을 내렸다. 전력을 조금이라도 키우기 위함이다.

뿐만 아니라 영지에 있는 모든 외부인에게 감시원을 붙였다. 누가 첩자인지 알 수 없기 때문이다.

감시원들 가운데에는 영지 마법사들도 포함되어 있다. 이곳 케발로 영지의 영주 하렌 자작은 4써클 마법사이다.

그렇기에 여타 영지에 비해 마법사들이 많은 편이다. 이들로 하여금 영지 전역의 마나 유동을 감시토록 했다.

적의 마법사가 농간을 부리더라도 즉각 알아내기 위함이다.

현수는 어제 목욕을 마치고 세탁과 건조 마법을 구현시켰다. 불과 1~2써클 마법인지라 마나 유동이 적었다. 하지만 영지 마법사의 감시를 피하진 못했다.

그런데 텔레포트 마법까지 썼다. 당연히 비상이 걸렸고, 상당히 많은 병사와 기사, 그리고 마법사들까지 동원되었다.

여행자를 위한 시냇물이란 여관은 즉각 포위되었다. 그리고 내부에 있는 사람 모두 조사를 받았다.

그중엔 라세안도 포함된다. 하지만 마법사로 의심받은 사람은 아무도 없다. 라세안을 제외하곤 어느 누구도 마법을 쓸 능력이 없기 때문이다.

라세안이 의심의 눈초리에서 벗어난 것은 아이러니하게도 탁월한 마법 능력 때문이다. 미혹의 숲에서처럼 마나를 감추었기에 영지 마법사들이 알아차리지 못한 것이다.

하긴 8써클 마스터이니 영주인 하렌 자작이 와도 알아차리지 못했을 것이다.

아무튼 모든 사람이 조사를 받았지만 용의자가 없는 상황이다. 그러던 중 현수가 사라졌다는 사실이 주목되었다.

동행인 라세안에게 행방을 물었으나 어찌 알겠는가!

방에 없으니 혼자서 산책이라도 나갔나 보다는 말만 했다.

이 대목에서 라세안이 존재를 드러내지 않은 것은 이번 기회에 유희를 나설 생각을 한 때문이다.

아무튼 여행자를 위한 시냇물이라는 여관은 영주가 파견한 병사와 마법사들로 채워졌다. 현수를 잡기 위함이다.

"그러니 자네가 나서야겠네."

"귀찮은데 그냥 여기를 뜨는 건 어떻겠나?"

"나는 괜찮지. 나도 귀찮은 건 질색이니까."

라세안이 순순히 고개를 끄덕인다. 이때이다.

쿵, 쿵, 쿵!

"거기 누구슈?"

"죠반니 남작님께서 오셨다. 문을 열어라."

"누구요?"

"이곳 케발토 영지의 기사단장님이신 죠반니 남작님이시다. 어서 문을 열지 못할까?"

"……!"

영지전이 벌어지려는데 군사들을 지휘할 지휘관이 이곳에 왔다는 뜻이기에 고개를 갸웃거렸다.

그러는 사이에 라세안이 문을 연다. 그러자 콧수염을 멋지게 기른 40대 중반의 죠반니 남작이 들어선다.

물론 번쩍이는 갑옷을 걸친 기사들이 대동해 있다.

죠반니 남작의 시선은 곧바로 현수에게 쏠린다.

"C급 용병인 자네, 마법사였는가?"

"그렇습니다만 그건 왜 물으십니까?"

현수의 물음에 죠반니 남작은 안광을 형형히 빛낸다.

"어제, 무슨 마법을 썼으며 어디에 갔었는지를 말해라."

"그걸 꼭 밝혀야 합니까?"

"적의 첩자가 아니라는 걸 증명하려면 그래야 한다."

"첩자요? 좋습니다. 대답하기 전에 하나만 물어보겠습니다. 대체 어느 영지와 영지전을 벌인다는 겁니까?"

"……!"

현수의 물음은 이번 영지전과 전혀 관련 없음을 우회적으로 표현한 것이다.

"자넨 우리 영지가 어떤 영지에 둘러싸여 있는지도 모르나?"

"당연히 모르지요. 이곳에 처음 왔으니."

죠반니 남작은 현수의 표정을 보고 거짓이 아님을 짐작했는지 딱딱했던 표정을 푼다.

"좋아, 모른다니 대답해 주지. 우리 케발로 영지와 인접한 영지는 딱 하나뿐이다. 츠로쉐 영지이지."

"츠로쉐 영지요? 근데 왜 영지전을 거는 거죠?"

"우리 영지에서 나는 질 좋은 철광석을 탐내서다. 자, 이제 의문이 풀렸으면 내 물음에 대한 답을 해라. 너는 어제 어디로 사라졌다가 왔느냐?"

상당히 고압적이긴 하지만 아까보다는 조금 나아졌다.

현수는 텔레포트 마법으로 빌모아 일족이 사는 라수스 협곡 내부에 갔다 왔다는 소리를 하지 못했다. 한낱 C급 용병이 텔레포트 같은 고위마법을 썼다고 어찌 말하겠는가!

"영지 곳곳을 돌아보았습니다."

"밤이 새도록 말이지?"

"……! 그렇습니다."

"좋아, 왜 그랬지?"

혹시 적의 첩자가 아니냐는 눈빛으로 바뀐다.

"그냥, 잠이 안 와서 여기저기 둘러보았을 뿐입니다. 뭐 잘못되었습니까?"

현수는 귀찮은 마음이 들어 죠반니 남작이 돌아가면 바로 이 영지를 떠날 생각을 품었다.

한편, 죠반니 남작은 현수가 첩자는 아닐 것이란 생각을 했다. 너무 태연했기 때문이다.

"으음! 좋아, 믿어주지. 그럼 어제 사용한 마법은 뭐지?"

"흐음, 어제 사용한 마법이라면 클린과 워싱, 그리고 데시

케이션입니다. 옷이 단벌이라 마법으로 세탁했습니다."

"……!"

태산명동서일필이라는 말이 있다.

태산이 떠나갈 듯이 요동하게 하더니 뛰어나온 것은 쥐 한 마리뿐이었다는 뜻으로, 예고만 떠들썩하고 실제의 결과는 보잘것없음을 비유하는 말이다.

어젯밤, 여행자를 위한 시냇물이란 이 여관에선 상당량의 마나 유동이 감지되었다.

하여 마법사들은 물론이고 기사와 병사들이 대거 동원되었다. 그런데 겨우 세탁 마법을 썼다고 한다. 어찌 맥이 풀리지 않겠는가!

죠반니 남작은 공을 탐낸 마법사가 부풀려 보고했다는 생각을 품었다. 비일비재한 일이다.

하여 굳었던 인상을 조금 더 푼다.

"아무튼 용병지부에 들러 임무를 배당받도록! 만일 허락 없이 영지를 떠나면 그에 대한 보복은 다른 용병들에게 돌아가니 허튼짓할 생각 품지 마라. 알겠나?"

"보복이요?"

"그래, 용병 하나가 영지에서 사라지면 20명의 목을 벤다. 그러니 몰래 도망갈 생각은 품지 말도록! 가자."

말을 마친 죠반니 남작이 몸을 돌려 나가자 기사와 병사들이 썰물처럼 빠져나간다.

"이게 대체 웬 소동이지?"

마법 한번 썼다고 난리법석이 벌어진 상황이다. 그렇기에
마저 영문을 말해달라는 표정을 짓는다.

"방금 나간 저 녀석 말대로야. 영지전이 선포되자 신경이
날카로워져서 말도 안 되는 벌칙을 만든 거지."

"그러니까 누군가 영지전이 두려워 도망가면 남은 용병들
에게 해코지를 하겠다는 거야?"

"정확해."

"끄응!"

현수는 나지막한 침음을 냈다.

이 동네는 대체 왜 이런 말도 안 되는 상황이 아무렇지도
않게 벌어지는지 이해되지 않은 때문이다.

"영지에선 영주가 왕이나 다름없으니까. 그건 그렇고 어떻
게 할 거야? 여길 뜰 거야?"

"당연하지. 뜨긴 떠야지. 근데 우리가 가면 용병 40명이 목
숨을 잃는다잖아."

"그건 내 알 바가 아니지."

이 말은 라세안의 진심이다. 하긴 드래곤이 한낱 인간들의
목숨에 왜 연연해하겠는가! 하지만 현수는 아니다. 자신 때문
에 남들이 피해를 당한다니 떠나겠다는 생각을 접었다.

"참, 영지전은 언제쯤 일어날 거 같은데?"

"아마도 내일일 거야. 저쪽에 대규모 마나 유동 현상이 잦은 걸 보니."

라세안이 가리킨 곳은 영지의 동쪽이다.

"흐음, 영지전이 벌어지면 하루면 결판이 나지?"

"지금껏 내 경험에 의하면, 그래, 하루면 끝나지."

"그럼 하루만 더 머물자."

"뭐, 자네가 원하면 그래야지. 우린 친구니까."

예정에 없던 일이지만 이젠 현수와의 동행이 유희가 되었다.

이번 유희는 아르센 대륙에서 끝날 수도 있지만 현수의 고향이 있는 어스 대륙이라고는 곳까지 가볼 수도 있다.

기억을 더듬어본 라세안은 지금껏 아르센이 아닌 다른 대륙을 경험한 드래곤이 없음을 확인한 바 있다. 그렇기에 가급적이면 현수의 의견을 존중해 주려 하는 것이다.

"고마워. 날 친구로 생각해 줘서."

현수는 라세안을 보며 싱긋 웃어주었다. 그런데 이 웃음엔 여러 의미가 내포되어 있다.

어떻게든 라세안으로 하여금 본인의 정체를 실토하게 만들어야 한다는 것이 첫째이다.

둘째는 드래곤으로서 맹세를 하게 만드는 것이다. 복종은 바라지도 않는다. 그럴 리 없기 때문이다.

현수가 바라는 것은 불가침이다.

다시 말해 어떠한 경우라도 자신을 향한 공격을 하지 않겠다는 언약이 나오도록 하고 싶은 것이다.

마지막은 본인의 뜻대로 움직여 주길 바라는 것이다.

아무튼 라세안은 싱긋 웃는 현수를 보며 환한 웃음을 지었다. 마음이 동한 때문이다.

"그나저나 여기 사람들은 어떻게 준비하고 있대?"

"대강 살펴보니 저쪽 영지군이 올 길목 좌우에 매복을 하고 있더군. 일단 기습을 하고 난 후에 수성전을 펼칠 모양이네."

"일단 전략 자체는 괜찮군. 근데 병사들 수효는?"

"저쪽은 1만 5천, 이쪽은 7천이네. 용병 포함해서."

"저쪽도 용병 포함한 인원인가?"

"이쪽에서 보낸 세작[6]의 보고에 의하면 그러하네."

금방금방 대답하는 것과 표정을 보아하니 라세안이 놀고만 있었던 것은 아닌 듯싶다.

"조금 이상하지 않나? 수성전에선 보통 세 배 이상의 병력이 동원되어야 승세가 있다고 보네."

"그래! 그게 상식이긴 하지."

여러 번 유희를 한 경험이 있기에 라세안은 현수의 말에 고

---

6) 세작(細作):신분을 감추고 어떤 대상의 정보를 몰래 알아내어 자신의 편에 넘겨주는 것을 전문으로 하는 사람.

개를 끄덕인다.

"자네 말대로라면 저쪽의 병력은 이쪽의 두 배를 조금 넘네. 뭔가 야로[7]가 있지 않다면 영지전을 걸지 않는 게 정석이지."

"그래, 그래서 이곳 영주가 뭔가 더 알아오라고 세작들을 급파했네."

"흐음, 내일 영지전이 벌어지는데 아직 정보를 모으지 못했다면 문제군. 틀림없이 뭔가 더 있을 텐데……."

현수는 이맛살을 찌푸렸다.

이곳은 지구와 비교했을 때 중세 유럽과 유사한 면이 많은 곳이다. 왕족과 귀족, 그리고 평민과 노예 같은 신분제도가 그 중 하나이다.

전쟁이 벌어지면 모든 장정이 동원되어 그야말로 피 튀기는 전투를 벌이는 것도 같다.

문제는 매우 잔인하다는 것이다.

칼과 화살에 찔려 죽는 건 양반이다. 목이 베어지거나 창자를 쏟아내는 경우도 많고, 전투도끼(Battle Axe) 같은 것에 격중되어 두개골이 깨져 뇌수가 튀어나오는 경우도 많다.

이렇게 하는 이유는 영지전에서 승리할 경우 승자가 상대 영지의 모든 것을 갖기 때문이다.

7) 야로:남에게 드러내지 않고 무슨 일을 꾸미는 속내나 수작을 속되게 이르는 말.

미처 도주하지 못하여 생포된 영주의 가족은 모두 참수당하거나 노예로 전락되어 타국에 팔려 나갈 수도 있다.

물론 왕국법은 그러하지 않다.

귀족은 예우를 받아야 하기에 귀족과 그 가족은 패자가 되어도 목숨을 빼앗지 않도록 되어 있다.

하지만 모든 것을 잃기에 다른 귀족의 후원이 없다면 자연스럽게 몰락귀족이 되어 쓸쓸한 생을 마감하게 된다.

아무튼 영지전 참관인에게 뇌물을 쓰면 왕국법은 적용되지 않는다. 패자를 죽이고 그의 아내나 딸을 성노로 쓰기도 한다.

영지전에서 승리한 자는 모든 것을 취하되 전투에 투입된 비용을 제외한 나머지의 절반을 왕궁에 헌납해야 한다.

이판테 왕국의 역사를 보면 본시 후작가였던 이판테 가문이 쿠데타를 일으켜 왕실을 전복시켰다.

국왕의 폭압 정치, 그리고 만연된 부정부패와 평민들에 대한 탄압을 빌미로 권력을 가로챈 것이다.

그렇게 건국을 했지만 문제가 있었다.

쿠데타에 가담한 자들을 귀족으로 임명하고 영지를 나눠 주다 보니 국왕 직속령이 없다시피 한 것이다.

권력은 부하와 백성의 충성심이 아니라 돈으로부터 나온다. 돈만 있으면 귀신 틀니도 살 수 있고, 처녀 고쟁이도 구할 수 있다. 역사책의 기록을 보면 아주 오래전엔 드래곤 하트도 돈 주고 샀다는 내용이 있다.

아무튼 건국 이후 이판테 왕국의 국왕은 귀족 간의 다툼을 조장했다. 물론 합당한 이유가 있어야 영지전이 가능하다.

자칫 국가 전체가 전쟁터로 변할 수 있기 때문이다.

아무튼 자작과 백작이 싸워 자작이 이기면 승작시켜 주었다.

하여 더 높은 작위를 갈망하는 귀족들은 착실히 병력을 확충시켰다.

고위 귀족 역시 하극상을 당하지 않기 위한 힘을 길렀다.

이렇게 함으로써 왕국은 두 가지 이득을 취할 수 있었다.

하나는 계속된 전투로 정예화된 병사들이 양성된다는 것이다. 다른 하나는 귀족의 수효가 줄어드는 반면 국왕의 재산은 늘어난다는 것이다.

이렇게 하여 힘을 키운 이판테 왕국은 이웃이었던 미리엄 왕국에 전쟁을 선포했고, 곧 두 나라의 합병이 이루어졌다.

다음엔 미리엄 왕국 백성의 반발을 줄이기 위해 미리엄의 첫 글자를 이판테 앞에 두어 미판테라는 괴상한 이름의 국가 명이 탄생한 것이다.

CHAPTER 06
10써클 위력의 마법

전능의팔찌
THE OMNIPOTENT
BRACELET

　이곳 케발로 영지의 영주 하렌 폰 케발로 자작은 모든 걸
걸고 영지전에 대비하고 있다.

　용병으로 참전하게 되는 현수는 전투에서 패할 경우 노예
가 될 수도 있다. 감히 상대 진영에 붙었다는 이유만으로 괘
씸죄가 적용되기 때문이다.

　하지만 소드 마스터이자 8써클 마법사인 현수와 라세안이
있는 이상 케발로 영지가 패할 일은 없다.

　상대가 어떤 준비를 했는지 알 수는 없지만 중기관총 K—6
한 정만 꺼내도 결론은 난다.

상대의 기사단이 제아무리 강하고 많다 하더라도 검 한번 휘둘러보지 못하고 궤멸당할 것이다.

유효 사거리 1,830m짜리 이것에 마법을 인챈트하면 3,000m 밖에서 사격할 수 있다. 텔레스코프 마법을 구현시키면 누가 누군지 얼굴을 식별할 정도가 되기 때문이다.

상대가 누군지조차 알 수 없는 상황에서 투구와 갑옷에 구멍이 숭숭 뚫리게 될 것이다.

그렇기에 현수와 라세안은 누구보다도 느긋한 시선이다. 상대가 어떤 것을 감추고 있든 상관없기 때문이다.

"기왕에 이렇게 되었으니 용병지부에 들러보자."

"그래."

둘은 여관을 나서 용병지부 쪽으로 발길을 옮겼다.

"참, 영지전을 걸어온 상대는 누구래?"

"츠로쉐 영지의 영주 막심 에밀 드 츠로쉐 백작이래."

"어떤 인물인지 평은 들어봤어?"

"원래는 남작이었는데 자작의 영지를 집어삼켜 자작이 되었다가 백작에게 영지전을 걸어 백작이 된 놈이지."

"놈……?"

다소 과격한 표현이기에 반문한 것이다.

"그래, 욕심만 사나운 놈! 영지전으로 배를 불리는 귀족이라는 풍문도 있다는군."

"겨우 남작이 자작을 치고, 곧이어 백작까지 공격했다고? 놈에게 배후라도 있지 않고야……."

현수의 말은 이어지지 못했다. 라세안이 끊은 까닭이다.

"놈의 장인이 미판테 왕궁 최고사령관 할만 공작이라네."

"할만 공작?"

"그래, 미판테 왕국의 재상인 에드가 폴랑 폰 갈리아 공작이 문(文)이라면 무(武)에 해당하는 권력자이지."

"가만 에드가 롤랑 폰 갈리아 공작이라면 전에 들어본 이름인데 누구였더라……? 아! 맞아."

현수의 뇌리로 스친 이 이름은 테세린 바로 곁에 있는 유카리안 영지에서 들어본 바 있다.

영주인 데니스 백작은 카이로시아를 내놓으라 했을 때 제1권력자인 갈리아 공작에게 보냈다는 말을 했었다.

미판테 왕국의 권력을 양분하고 있는 두 공작 중 할만은 소드 마스터이고, 갈리아는 6써클 마법사이다.

둘 다 별로 좋은 인물은 아닌 듯하다.

"아무튼 막심이라는 놈은 자네 관점에서 보면 악질이라 할 수 있네. 지독한 이기주의자이기도 하고."

"그래? 그렇담 골탕 좀 먹어야 하겠군."

용병지부에 이르기까지 둘의 대화는 이어졌고, 현수는 라세안이 알아낸 사실 전부를 듣게 되었다.

"어서 오게. 등급은……?"

멋진 수염을 기른 장한이 펜을 들며 시선을 준다. 이곳 용병지부는 어제와 오늘 몸살을 앓는 중이다.

용병 총동원령이 내려진 때문이다. 그래서 그런지 말끝을 흐린다. 말하기도 귀찮은 모양이다.

"나는 C급, 이 친구는 B급입니다."

"흐음, 둘이 같이 있어야 하겠지?"

"그렇습니다."

대답은 라세안이 했다. 현수와 같이 있으면서 조금 더 탐색하려는 의도이다.

"좋아, 자네 둘은 성문 좌측에서 수비를 맡게."

"……?"

"성문이 허술해서 충차 공격이 있을 시 깨질 우려가 있네."

"……!"

성문이 뚫리면 그곳을 통해 적군들이 물밀 듯 쇄도할 것이다. 따라서 가장 위험한 곳을 지정받은 것이다.

"라세안이라고 했지? 자네가 그곳 용병들을 지휘하게. C급 30명이 배치되었네. 아! 이 친구까지 합치면 31명이지."

"흐음, 알겠소."

라세안이 고개를 끄덕인다. 어디든 상관없기 때문이다.

"전투는 하루 안에 끝날 것이네. 자. B급은 1골드 50실버, C급은 1골드씩 주라 했으니 받게."

용병지부장이 내미는 돈을 받은 둘은 피식 실소했다. 1골드는 한국 돈으로 대략 100만 원이다.

하루 치 일당치고는 엄청 세다. 하지만 목숨을 잃을 수도 있다는 걸 감안하면 푼돈이 된다.

아무튼 주는 것이니 받아 챙겼다.

"자네 둘은 지금 즉시 성문으로 가게. 그곳에 가면 윌리엄이란 기사가 있을 것이네. 자세한 내용은 그에게 묻게."

"알겠소."

말을 마친 지부장이 어서 거라는 손짓을 했기에 둘은 밖으로 나섰다.

"가장 위험한 곳에 용병들을 배치하라고 시킨 건가?"

"글쎄? 가보면 알겠지."

*　　　*　　　*

"자네 둘은 누군가?"

성문 안쪽에서 서성이던 기사의 물음에 현수가 대답했다.

"B급 용병 라세안과 C급 용병 하인스입니다."

"오, 드디어 왔군. 근데 누가 라세안이지?"

"납니다."

"좋아, 지금부터 이곳의 책임은 자네가 진다. C급 용병 30명과 병사 50명을 이곳에 남겨놓을 것이네. 성문이 깨지면 즉시 안에 기별을 보내야 하네."

"그렇게만 하면 됩니까?"

"아니, 지원군이 당도할 때까지 무슨 일이 있더라도 적군이 들어올 수 없도록 막아야 하네."

말을 하면서 기사 윌리엄은 손짓으로 성문 쪽을 가리켰다. 그곳엔 장작이 수북하게 쌓여 있다.

또다시 손짓하는 곳을 바라보니 성벽 위에 두 개의 커다란 항아리가 놓여 있다.

"저 속엔 기름이 들어 있네. 성문이 깨지면 즉시 기름을 부을 것이네. 자네들은 불을 지르게."

"……!"

장작의 불길 때문에 적군이 들어오지 못하는 동안 안에 연락을 하면 지원군이 온다는 뜻이다.

"그렇다면 이곳에 이렇게 많은 인원이 있을 필요가 없지 않습니까?"

"그렇긴 하지만 만일을 위한 조치이네."

기사 윌리엄은 더 이상 할 말이 없다는 듯 말고삐를 잡아챘다. 말의 몸을 돌리려는 것이다.

"그럼 자네만 믿겠네. 잘 버텨주게."

"알겠습니다."

기사 윌리엄이 가고 난 이후 라세안은 자신을 둘러싼 용병과 병사들을 둘러보았다.

"다들 들어서 알겠지만 우리의 임무는 간단하다. 만일 성문이 깨지고 적군이 난입하면 하나도 들어갈 수 없도록 반원 형태의 방어진을 치고 대결에 임하라."

"알겠습니다."

병사와 용병들이 대답한다. 그런 그들의 눈에는 불안함이 엿보인다. 언제 지은 성인지 알 수 없지만 성문이 매우 낡아 보였기 때문이다.

"불안한가? 그렇다면 땔감을 더 구해오라. 불길이 강하면 강할수록 지키기 쉬워진다."

라세안의 말이 끝나기 무섭게 병사와 용병들이 흩어진다. 오합지졸처럼 흩어지는 모습을 본 라세안이 혀를 찬다.

"이거야 원······! 쯧쯧쯧!"

"누구나 제 목숨은 귀한 거야. 살아남을 확률을 높이려는 거니 욕할 일은 아니지."

현수가 한 말이다.

"욕을 한 게 아니라 한심해서 그러는 거야. 이곳 영주는 언제 전쟁이 벌어질지 모르는데 저런 썩은 성문을 여태 놔뒀잖아. 질 좋은 철광석이 나면 뭐해? 써야 할 데를 모르는데."

라세안의 말은 틀리지 않다. 그렇기에 현수는 아무런 대꾸도 하지 않았다. 이때 누군가의 음성이 들린다.

"흐음, 철광석이 나기 시작한 건 얼마 전부터이고, 그걸 성문 보강에 쓰기엔 이곳 케발로 영지의 빚이 너무 많았네."

"……? 누구십니까?"

"자네가 방금 한심하다고 한 이곳 영주이네."

"아……!"

라세안이 짧은 감탄사를 낸다. 하지만 고개 숙이지는 않았다. 하렌 자작이 연장자로 보이기는 하지만 한낱 인간이다.

드래곤이 하찮은 인간에게 어찌 고개를 숙이겠는가!

보통의 귀족 같으면 라세안을 당장 요절낼 듯 고함을 질렀을 것이다. 하지만 하렌 자작은 그러지 않았다.

"빚을 졌으면 그것부터 갚아야 한다 생각했네."

"말씀 중에 미안합니다만 그냥 우리끼리 한 이야기입니다. 신경 쓰지 마십시오."

"그러지. 대신 이곳을 잘 지켜주게. 전투가 벌어지면 나는 저곳에 있을 것이네. 성문이 깨지면 곧장 연락하는 거 잊지 말게."

"알겠습니다."

라세안 대신 현수가 대답하자 하렌 자작은 발길을 돌렸다.

그의 뒤에는 여러 기사가 따라붙었지만 어느 누구도 뭐라 하는 이 없었다.

자작의 태도도 특이했지만 오만한 기사들의 태도 역시 보통은 아니다. 이럴 경우 대부분 호통을 치거나 눈을 부라리는데 그러지 않았던 것이다.

"흐음, 이곳 영주는 사람이 괜찮은 모양이군."

현수의 나직한 중얼거림에 라세안이 응답한다.

"그러고 보니 여긴 세율도 그리 높지 않다 들었네. 평민들을 심하게 착취하지도 않았다고 하고."

"흐음, 인망은 잃지 않았다는 뜻이군."

"그래서 요즘 이곳 케발로 영지의 영지민들의 수효가 늘어나는 중이었다고 하네."

"쩝, 아무튼 우리 임무는 여길 지키는 거지? 그러니 나가서 잠깐 여기저기를 살펴볼게."

"그러게."

현수가 아직 닫히지 않은 성문을 살피는 동안 라세안은 성벽 위쪽을 둘러보았다. 용병지부에서 지급한 지휘관 표찰 때문인지 어느 누구도 뭐라 하지 않았다.

그래도 한낱 용병이 이토록 마음대로 군사 시설을 둘러볼 수 있는 것은 다른 영지라면 어림도 없는 일이다.

용병이란 돈만 주면 반대편에도 붙을 수 있는 존재이기 때문이다. 아무튼 비교적 자유스러웠기에 성벽의 거의 전부를 살펴볼 수 있었다.

같은 시각, 현수는 낡아빠진 성문을 심각한 표정으로 바라보고 있다. 너무 오래되어 군데군데 삭아 있다.

이 정도면 성문을 깨부수기 위해 제작된 충차까지 끌고 올 필요가 없다. 노포(弩砲)라고도 불리는 발리스타(Ballista) 정도로도 파괴가 가능할 지경이다.

그만큼 부실하다는 뜻이다.

"흐음, 심각하군."

영지전을 가장 쉽게 치르는 것은 상대의 성문을 깨고 들어가는 것이다. 성벽을 기어오르는 것은 힘도 들지만 오르는 동안 상대의 공격으로 인한 피해가 크기 때문이다.

따라서 성문에 대한 집중 공격이 있을 것이고, 그에 대한 만반의 준비를 갖추고 올 것이다.

충차, 발리스타도 문제지만 투석기로도 망가질 게 뻔하다. 하여 살짝 이맛살을 찌푸린 현수는 좌우를 살폈다.

모두 곧 있을 전투를 대비하느라 여념이 없는 듯하다.

현수는 아공간에서 작은 마나석 하나를 꺼냈다.

그리곤 사람들의 시선이 미치기 힘든 성문 위쪽에 작은 마법진 하나를 새겼다.

장작이 산더미처럼 쌓여 있기에 오르기는 쉬웠다.

"흐음, 이 정도면 되겠지?"

현수가 새긴 마법진은 세 가지이다. 하나는 스트렝스이다. 글자 그대로 성문의 내구강도를 높여주는 마법진이다.

다른 하나는 일래스티서티(Elasticity) 마법진이다. 이는 상대의 공성무기를 퉁겨내는 역할을 한다.

강하게 부딪칠수록 강하게 튕겨 나가게 될 것이다.

마지막으로 새긴 것은 두 마법진이 눈에 보이지 않도록 하는 것이다.

현수가 마나석까지 써가며 이런 마법진을 새긴 것은 인품이 괜찮다고 판단한 하렌 자작 때문이다. 물론 상대적으로 막심 백작이 나쁘다는 평판이 작용하였다.

내친김에 밖으로 나가보았다. 적의 침입을 1차 저지할 해자도 없다. 성 밖이 허허벌판이라면 화살로도 피해를 줄 수 있다.

그렇기에 대부분 벌목을 해서 시야를 확보한다. 물론 땔감을 얻기 위한 목적도 있다. 하지만 이 성은 그러하지 못하다.

라수스 협곡 바로 바깥쪽에 위치한 케발로 성은 수시로 몬스터의 습격을 당한다. 이를 저지하기 위해 기사뿐만 아니라 마법사를 양성한 것이다.

몬스터의 숫자가 늘어날수록 더 많은 마법사와 기사가 필요하다. 당연히 많은 비용이 지출된다. 돈 나올 구멍은 작고 나갈 것은 점점 늘어나니 당연히 빚을 지게 되었다.

이 빚은 미판테 왕국의 양대 상단 중 하나인 스페른 상단에게 진 것이다. 참고로 하인스 상단의 서기 얀센이 몸담았던 곳이기도 하다.

또 하나의 상단은 아렌시아 상단이다.

카이로시아의 이레나 상단이 차지했어야 할 유카리안 영지의 마나석 광산 채굴권을 가진 곳이다.

어쨌거나 자금난에 봉착한 스페른 상단은 케발로 영지의 빚을 막심 백작에게 넘겼다.

채권 총액은 약 100만 골드 정도 된다.

이걸 60만 골드에 넘긴 것이다. 이렇게 채권을 확보한 막심 백작은 즉시 상환해 줄 것을 요구했다.

갚을 돈이 없던 하렌 자작은 캐낸 철광석을 팔아주겠다고 사정했다. 그러면서 시간을 요구했다.

이에 막심 백작은 석 달을 주었다.

문제는 케발로 영지의 지정학적 위치이다.

라수스 협곡과 츠로쉐 영지로 완전히 둘러싸여 있다.

따라서 상인이 들어오려면 반드시 츠로쉐 영지를 통과해야 하는데 막심 백작은 이들의 통행을 막았다.

케발로 영지를 고사시켜 꿀꺽하려는 의도이다.

어쨌거나 석 달은 속절없이 지났다. 그러자 사람을 보내 세 가지 요구를 하였다.

첫째는 철광석 광산을 통째로 넘기라는 것이다. 물론 빚은 전액 탕감된다.

둘째는 광산으로부터 츠로쉐 영지까지 통행권을 요구했다. 캐낸 광석을 운반하기 위한 길을 요구한 것이다.

여기까지는 어쩔 수 없지만 들어줄 수 있는 요구이다.

문제는 셋째 요구이다.

하렌 자작의 하나밖에 없는 딸을 요구했다.

막심 백작에게는 아들이 하나 있는데 나이 20에 벌써 본처와 두 첩을 거느리고 있다.

하렌 자작의 딸 루나는 인근에 소문난 미녀이다. 올해 17살이 된 그녀를 요구한 것이다. 말은 아들의 세 번째 첩이라 했지만 실제론 막심 백작의 열두 번째 첩이 될 것이다.

이 제안을 거절하자 즉시 돈을 갚으라는 압박을 가했다. 그리곤 이쪽의 대답도 듣기 전에 영지전을 선포했다.

막심 백작으로선 케발로 영지가 등 뒤의 신경 쓰이는 존재이다. 다른 영지를 집어삼키려 할 때 뒤에서 공격할 우려가 있기 때문이다. 하여 이번 기회에 케발로 영지를 집어삼키려는 음모를 꾸민 것이다.

아무튼 영지전이 벌어져 막심 백작이 이긴다면 하렌 자작은 목숨을 잃게 될 것이고, 루나는 성노가 될 것이다.

성 밖에 드문드문 자라 있는 수목들은 궁수들의 공격에 방해된다. 하지만 지금은 그걸 베어낼 시간적 여유가 없다.

이곳저곳 허물어지고 있는 성벽을 보수하기에도 바쁘기 때문이다.

"흐음!"

현수는 나지막한 침음을 냈다. 그리곤 팔짱을 낀 채 바깥 풍경에 시선을 주었다. 그러고 있을 즈음 라세안이 다가온다.

"제법 강군이더군. 위계질서도 잘 잡혀 있고. 마법사들은……."

라세안은 제법 많은 것들을 보고 왔다.

기사와 병사들은 잘 벼려진 검처럼 군기가 바싹 들어 있다고 한다. 그리고 늘 저 잘났다고 떠들게 마련인 마법사들도 일사불란하게 움직이는 모습이라면서 칭찬 일색이다.

"다행이군. 그런데 문제가 있는 거 같아."

"문제? 무슨 문제?"

"이곳 영주가 아직 파악하지 못한 적의 병력! 그게 다가 아닐 것이란 예감이야."

"그렇지 않아도 그 부분을 살펴봤는데 추가 병력은 없는 것 같던데?"

"그래? 그렇다면 다행이긴 하지만 뭔가 찜찜해."

"그냥 두고 보자고. 우린 지나다 발목 잡힌 상황이잖아."

"그래! 그러지. 참 자네 그거 아나? 여기……."

소소한 대화를 나누는 사이에 날이 으슥해진다.

언제 적의 내습이 있을지 몰라 화톳불을 피워놓고 삼삼오오 모여 있었다. 해가 떨어져 어둠이 몰려왔지만 적은 가까이 오지 않았다.

이슬 맺히는 새벽 무렵 멀리서 무슨 소리가 들린다.

길목 좌우에 매복해 있던 케발로 영지군이 적을 공격하는 소리일 것이라 한다.

그리고 얼마 지나지 않아 여명 속에서 먼지를 일으키며 달려오는 일단의 무리가 보인다.

"쏘지 마라. 아군이다!"

누군가의 외침에 시위를 당겼던 궁병들이 활을 밑으로 내려 건다.

와드드드드! 와드드드드……!

매복을 나간 병력은 기사 40명, 병사 1,600명이다.

기사가 탄 말이 앞에서 달려오고 그 뒤를 병사들이 따르고 있다. 작전이 성공이었다면 이처럼 달려오지 않을 것이다. 적은 입은 피해를 수습하느라 발걸음을 멈춰야 하기 때문이다.

전투 중 가장 많은 사상자가 발생하는 때가 바로 후퇴할 때이다.

질서정연하지 못하면 제아무리 강병이었다 하더라도 오합지졸이 되어버린다. 따라서 지금과 같은 후퇴를 피해야 한다는 것은 초급 병사들도 아는 일이다.

"모두 대기! 궁수, 활을 들어!"

누군가의 명에 따라 성벽 위 궁수들이 일제히 시위를 당긴다. 이 순간 모든 시선은 후퇴하는 아군의 뒤쪽에 쏠려 있다.

"이런⋯⋯!"

성벽 위에 있던 죠반니 남작의 입에서 당혹성이 터져 나온다. 후퇴하는 아군의 뒤쪽을 악착같이 따라붙는 일단의 무리 때문이다. 아군이 있기에 활로는 공격할 수 없는 상황이다.

아군의 후미를 따라잡은 적은 후퇴하는 병사들 사이로 파고들며 마구잡이로 목을 베어낸다.

쉬익! 챙! 서걱! 쉬악! 채챙! 퍼억! 쉬익! 파악! 퍼걱!

"케엑! 컥! 크흑! 아악! 쿠엑! 크윽! 큭!"

뒤따르던 병사들이 목숨을 잃기 시작하자 선두에서 달리던 기사들이 일제히 돌아선다. 그리곤 칼을 휘둘러 적을 베어내기 시작했다. 아군과 적군이 섞여 난전이 벌어지진 것이다.

"이런⋯⋯!"

죠반니 남작의 입에서 또 한 번 당혹성이 터져 나온다. 이렇게 되면 궁병을 전혀 활용할 수 없기 때문이다.

"아악! 저기 저쪽에 적이 나타났다."

누군가의 비명에 사람들이 시선을 돌려보니 삼면으로부터 병사들이 다가오고 있다. 혼전을 벌이는 곳에도 그 정도 인원은 있어 보인다.

그렇다면 적의 군세는 2만 정도이다. 이쪽에서 매복에 내보냈던 병사와 기사 1,640명은 거의 전멸이다.

그렇다면 이쪽은 5,360명이고, 저쪽은 2만이다.

병사의 수효만 거의 네 배이다. 게다가 저쪽은 이쪽의 계략을 깨부쉈기에 기세가 올라 있다. 반면 이쪽은 아군 병사들이 도륙당하는 현장을 목도하는 중이다. 당연히 사기가 떨어진다.

아군이 거의 전멸하자 죠반니 남작이 이를 악물고 소리친다.

"이익……! 모두 활을 쏘아라!"

휙! 휘휙! 휘휘휘휙! 휘휘휘휘휘휙!

혼전으로 인한 사체가 즐비한 곳에 화살의 비가 쏟아지기 시작했다. 이때 누군가 외친다.

"적의 시신을 방패 삼아라."

휘이이익! 퍽! 퍼퍽! 피피피픽! 퍼퍼퍼퍽!

"크윽! 악! 케엑! 끄윽……!"

혼전 중에 상처를 입고 쓰러져 기절해 있던 아군 병사들의 몸에 화살이 꽂히자 비명을 토한다.

"저, 저런 간악한……!"

"이익! 저, 저런 개자식들을……!"

성벽 위의 병사와 기사들은 나직한 신음을 토한다.

아군의 시체에 박히는 화살을 본 사람들은 울화통을 터뜨렸다. 하지만 분노하는 것 이외엔 아무런 방법이 없다.

이를 보고 회심의 미소를 짓는 사내가 있다. 막심 백작이다.

이번 영지전이 벌어지기 전 막심은 병력의 일부를 감추고 세작을 파견했다. 그 결과 매복 작전을 알게 되었다.

이에 백작은 역계략을 꾸몄다. 케발로군이 매복할 곳 주변에 먼저 매복을 시켜놓은 것이다.

그것도 적 병력의 세 배를……!

그 결과 하렌 자작과의 병사 차이를 단숨에 네 배로 만들었다.

공성전을 하려면 적어도 세 배의 병력은 있어야 한다.

그렇게 하여 이기더라도 지리멸렬할 수 있다. 하여 아군 병력의 일부를 감추었다. 그 인원만 5천이다.

그렇기에 케발로에서 파견한 간세들이 이들의 존재를 모른 것이다. 그 결과 적 병력을 대폭 줄였다.

이제 남은 것은 공성전뿐이다.

낡아빠진 성벽을 깨기 위해 각종 공성 병기를 준비했다.

병사들은 두 번에 걸친 영지전에서 단련되어 있다. 따라서 패배란 없을 것이다. 그렇기에 웃고 있는 것이다.

그러고 있는 사이에 화살의 비가 그친다. 시신들을 내려놓고 일어서는 병사들을 보니 피해는 거의 없는 듯하다.

"크하하하! 무엇들 하느냐? 공격하라!"

"예! 알겠습니다. 모두 전진하라."

막심 백작의 명이 떨어지자 기사단장의 칼이 위에서 아래로 내려진다. 진격신호이다. 그와 동시에 갈리아 영지군들이 함성을 지르며 일제히 달려든다.

"여, 영주님!"

적의 어마어마한 군세에 질린 죠반니 남작이 저도 모르게 다급성을 토했다. 병사들 뒤쪽에 등장한 공성무기 때문이다.

발리스타, 충차, 투석기 등이 망라되어 있다.

"이, 이런……!"

하렌 자작 역시 경악성을 터뜨린다. 적의 대공세를 버텨내지 못할 것임을 직감한 때문이다. 성벽 위의 병사와 기사들 역시 낯빛이 창백해진다. 패배할 것을 예감한 것이다.

휘이이익—!

"아악! 바위다. 피해라."

쿠웅! 우르릉—! 콰앙! 휘익! 콰아앙! 콰르르릉—!

"아아악! 케엑!"

같은 순간 바위들이 성벽을 두들기기 시작한다. 그와 동시에 여기저기가 무너져 내린다. 이 와중에 죽는 사람도 있다.

이렇게 몇 번만 더 공격당하면 굳이 성문을 깨지 않아도 병사들이 난입할 수 있게 된다.

워낙 차이가 크기에 병사들은 겁에 질렸다. 이때 뒤쪽에서 누군가의 고함이 터져 나온다.

"몬스터다! 몬스터들이 쳐들어온다."

"뭐어……? 하필이면 이때……! 남작, 어서 뒤쪽을 확인하게."

"네, 영주님!"

죠반니 남작이 서둘러 걸음을 옮기는 순간에도 막심 백작군의 공세는 계속되고 있다.

휘이익! 콰아앙! 우르르르! 휘이익! 콰앙! 콰르르르!

"여, 영주님! 큰일입니다."

"……!"

"몬스터가… 라수스 협곡에서 어마어마한 수의 몬스터가 내습하고 있습니다."

"뭐, 뭐라고……?"

"오, 오크의 수만 족히 5천입니다."

"5천?"

"네, 뿐만 아니라 트롤과 오거들도 내려오고 있습니다."

"……! 끄응!"

털썩―!

하렌 자작은 맥이 풀리는지 주저앉고 말았다.

하필이면 이럴 때 몬스터들의 공격이 시작되었다고 하니 모든 것이 끝났다는 생각이 든 때문이다.

같은 순간, 현수와 라세안 역시 성의 뒤쪽에서 몬스터들이 달려든다는 소리를 들었다.

"자넨 여기에 있어. 난 뒤로 가볼 테니."

"그래. 가보게."

"하필이면 이때 왜……?"

라세안을 남겨두고 황급히 뒤쪽으로 달려가는 현수는 하렌 자작이 재수가 없어도 너무 없다고 생각했다.

앞의 공격도 감당하기 어려운데 뒤쪽마저 대책 없는 몬스터들이 공격하니 어찌 안 그렇겠는가!

"아아! 이제 우린 끝이야. 끝이라고!"

털썩―!

누군가 주저앉는다.

삶의 의욕마저 잃었는지 낯빛이 창백하다.

뒤쪽의 성벽은 앞쪽보다 성하다. 하지만 몬스터들이 기어오를 수 없는 높이는 아니다.

"이런……!"

성벽에 오른 현수가 저도 모르게 내뱉은 탄식이다.

너무 많은 몬스터가 한꺼번에 쇄도하고 있었던 것이다.

그러던 중 성벽 위에 있던 병사 하나가 실족하여 떨어지는 것이 보인다. 그를 향해 수많은 오크가 달려들더니 삽시간에 해체해 버린다.

"이, 이런! 저 빌어먹을 놈들이……?"

게걸스럽게 뜯어먹는 몬스터들을 본 현수의 눈빛이 사나 워진다. 그와 동시에 가슴에서 엄청난 마나가 유동한다.

인간이 한낱 미물의 먹이로 전락하는 모습에 피 끓는 분노 가 솟은 탓이다.

"야, 이놈들아! 모두 죽어라. 헬 파이어!"

쉐에에에엑! 화르르르르르!

케엑! 끄윽! 크아아악! 케엑!

어마어마한 화염의 비가 쏟아지자 쇄도하던 몬스터들이 한꺼번에 몰살당하는 광경이 펼쳐진다.

몬스터들을 사람이라고 치면 가히 지옥에서나 볼 수 있을 참상이 벌어지는 중이다. 용암처럼 뜨거운 불길에 휩싸여 발 버둥치는 몬스터들을 본 사람들의 입이 딱 벌어진다.

5천이 넘던 오크와 2백여 트롤, 그리고 150여 마리의 오거 가 재가 되고 있으니 어찌 안 그렇겠는가!

병사 1만이 있어도 감당하기 힘들 정도로 많은 몬스터가 지옥의 불길 속에서 타오르는 중이다.

몇몇 병사와 영지민들이 놀라서 입을 다물지 못하는 순간 뒤따라온 라세안 역시 입을 딱 벌린다.

현수가 방금 전에 시전한 마법은 8써클 마법사의 상징이라 할 수 있는 헬 파이어이다. 글자 그대로 지옥의 불길이 펼쳐지는 무시무시한 마법이다.

8써클 마법을 익히고 있기에 라세안 역시 헬 파이어를 시전할 수 있다. 그럼에도 놀라는 것은 현수가 시전한 마법의 범위와 강세가 너무도 대단하기 때문이다.

'어떻게 인간이……! 어떻게 해서 저런 위력이 나오지?'

라세안은 벌린 입을 좀처럼 닫을 수 없었다. 분명 8써클 마법이지만 10써클에 버금갈 위력을 내고 있기 때문이다.

지옥의 불바다가 펼쳐진 현장엔 더 이상의 몬스터가 없다. 마법의 범위 밖에 있던 놈들은 놀라서 도주했기 때문이다.

라세안이 이처럼 놀라고 있을 때 또 하나의 존재가 손으로 입을 가리고 있다. 갓 서른을 넘긴, 몸매 호리호리한 장한이다.

"헐……! 세상에 맙소사……!"

너무도 강력한 마법을 본 사내는 얼른 뒷걸음질 친다.

아무도 보는 이가 없건만 조심스레 주위를 살핀 사내는 개

구멍을 통해 밖으로 나갔다. 하지만 어느 누구도 그에게 시선을 주지는 않았다. 성문 입구에 충천하는 화광 때문이다.

현수가 뒤로 가고 얼마 지나지 않아 충차의 공격을 받은 성문이 깨진 때문이다. 현수가 마법을 걸어놓았기에 이십여 차례나 견뎌냈지만 결국 빠개지고 만 것이다.

안 그랬다면 단번에 성문이 빠개졌을 것이다.

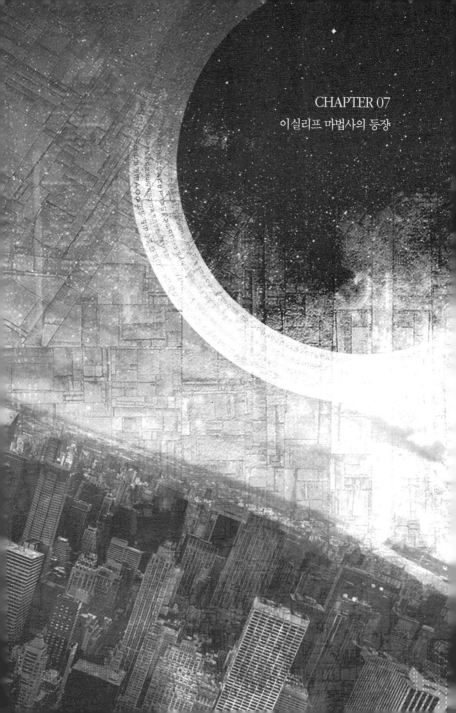

CHAPTER 07
이실리프 마법사의 등장

　현재는 사전에 계획된 대로 누군가 불을 놓아 화마가 치솟
는 중이다. 하여 막심 백작의 군사들은 충천하는 화광이 잦아
들기만을 기다리고 있다.

　막심 백작은 이제 곧 케발로 영지를 차지할 수 있을 것이란
생각에 희희낙락하고 있었다. 이때 누군가 다가간다.

　잠시 후, 막심 백작이 화들짝 놀라는 표정을 짓는다. 그리
곤 주춤거리며 몇 발짝을 물러난다.

　같은 순간, 절망에 빠진 하렌 자작은 넋이 나간 표정으로
아래쪽을 내려다보고 있다. 이제 곧 끝날 것이기 때문이다.

본인은 목숨을 잃을 것이고, 루나는 적에게 더럽혀질 것이다. 모든 재산은 약탈당할 것이고, 소중한 영지는 간악한 자의 손에 떨어지게 된다. 하여 망연자실한 표정을 지었다.

이때 누군가의 고함 소리가 들린다.

"와아아! 적이 물러난다! 와아아! 적이 물러간다!"

병사들이 일제히 환호성을 지르자 하렌 자작이 시선을 든다. 기세등등하던 막심 백작군이 뭐에 놀라기라도 했는지 일제히 물러나는 모습이다.

준비해 왔던 공성무기들도 내팽개친 채 뭐에 놀랐는지 허둥지둥 도주하고 있는 것이다.

"……?"

하렌 자작이 어찌 된 영문인지 몰라 어리둥절하는 새에도 막심 백작군은 놀란 기러기처럼 물러난다.

"와아아! 우리가 이겼다. 적들이 물러간다. 와아아아!"

병사와 기사, 그리고 영지민 모두 하나가 되어 함성을 지른다. 같은 순간 하렌 자작은 비틀거리며 몇 발짝 물러난다.

허탈해서 다리에 힘이 빠진 것이다.

이 순간 성의 뒤쪽에서 앞으로 나오던 라세안이 현수에게 묻는다.

"그거 8써클 헬 파이어였지? 그치?"

"그래."

현수는 자신이 시전한 마법의 위력에 놀라고 있는 상황이다.

그런데 라세안은 현수의 표정이 너무도 태연하여 오해를 한다. 자신조차 장담할 수 없는 엄청난 마법을 현수는 너무도 당연하게 여기고 있기 때문이다.

'이건 대체 뭐야? 그건 9써클, 아니, 10써클 마법이라 해도 믿을 수 있을 정도였어. 근데 그게 당연해? 저 친구는 대체 뭐지? 분명 8써클 마법사인데 어떻게 그런 위력이 나왔지?'

8써클 마법은 자주 시전되지 않는다. 아니, 볼 수 없다. 인간 가운데에는 8써클 마법사가 존재하지 않기 때문이다.

물론 현수를 제외했을 때의 일이다.

하지만 드래곤 중에는 8써클 마법을 펼칠 존재들이 많다.

라세안, 아니, 라이세뮤리안은 다른 드래곤들이 펼치는 헬파이어를 여러 번 본 바 있다.

그들 어느 누구도 방금 전 현수가 보인 위력을 내지 못했다. 9써클 드래곤도 방금 전 것의 절반 정도밖에 되지 않았던 것이다. 그렇기에 라세안은 고개를 갸웃거린다.

같은 순간, 하렌 자작에게 보고하는 이가 있다.

모두가 환호성을 지르는 바람에 귓속말로 듣던 자작의 안색이 크게 변한다. 그리곤 주위를 둘러본다.

누군가를 찾는 듯하다.

잠시 후, 자작의 명에 따라 몇몇 기사와 병사가 사방으로 흩어진다.

"우린 이만 가세."

"응……? 그, 그러지."

현수가 소매를 잡아당기자 라세안이 못 이기는 척 따라나선다. 왠지 그래야 할 것 같다. 8써클 마법으로 10써클 위력을 내는 것을 본 이후에 위축되는 기분이 들어서이다.

성을 나서는 것은 그리 어려운 일이 아니다. 사방이 온통 어수선하기 때문이다.

"왜? 자네 덕에 몬스터들이 모두 죽었잖아. 막심이라는 놈이 군사를 물린 것도 자네 때문일 것이네. 그런데 왜? 자넨 일등 공신이지 않은가?"

"그냥 가!"

"그래? 뭐, 자네가 원하면……."

라세안은 현수의 말을 반박하지 않고 순순히 따라나섰다.

그런 둘의 뒷모습을 보는 사람이 있다. 영주성 첨탑에 숨어 있던 하렌 자작의 딸 루나이다.

첨탑에선 영주성 전체를 조망할 수 있다. 그렇기에 현수가 헬 파이어 마법을 구현하는 것을 지켜보았다.

그리고 그 어마어마한 위력에 화들짝 놀라 주저앉고 말

왔다.

한 번도 본 적은 없지만 드래곤의 브래스 정도 된다 여겼다.

"아! 왜 그냥 가시지?"

루나는 현수의 얼굴을 보았다. 분명 젊은 청년이다.

7써클 대마법사가 되면 바디체인지를 통해 젊음을 되찾을 수 있다는 말을 들어본 바 있다.

그렇기에 나이가 많지만 얼굴만 어려 보이는 것일 수도 있다.

그러면 어떠랴?

영지에 닥친 위기를 단번에 해소시킨 영웅이다. 이런 영웅이라면 일생을 의탁해도 좋다는 생각이 드는 중이다.

그런데 그냥 가버리고 있다.

루나는 깊이 생각할 것도 없다는 듯 헐레벌떡 뛰어 내려왔다. 마침 첨탑 아래엔 하렌 자작이 위기를 해소시켜 준 인물을 찾아내라는 명을 내리는 중이다.

막심군의 대규모 공세를 보고 이제 끝났다 싶었을 때 성의 뒤쪽에서 몬스터들의 공격이 시작되었다는 보고가 있었다.

엎친 데 덮치고, 서리 내린 데 눈 내린다는 청천벽력과 같은 소리이다. 하여 마법사들을 급파했다. 몬스터들 상대로는 병사보다 마법사가 더 효과적이기 때문이다.

명을 받은 마법사들은 대규모 마나 유동을 느끼고 기절할 듯 놀랐다. 드래곤이 출현한 것으로 오인한 것이다.

겁이 덜컥 났지만 확인하지 않을 수는 없다. 하여 부지런히 발길을 놀려 성의 뒤쪽으로 향했다.

그리곤 놀라운 광경을 목도하고 대경실색했다.

5천이 넘는 오크와 트롤, 그리고 오거들이 단체로 불고기가 되어 있었던 때문이다. 익은 정도가 아니라 시커멓게 탔다.

누가 봐도 단번에 시전한 마법의 결과이다.

마법사들의 뇌리로 스친 생각은 헬 파이어라는 8써클 마법이다. 한 번도 본적도 없고, 상상조차 못해봤지만 이건 최소한 9써클 마법사가 시전한 마법이라 단정 지었다.

마법이 구현된 범위가 어마어마했던 때문이다.

서둘러 복귀하여 막 하렌 자작에게 보고했다. 이때 루나가 내려온 것이다.

"헉, 헉! 아, 아버지. 헉, 헉!"

"오! 루나야. 우리가 이겼구나. 우리가 이겼어."

하렌 자작이 환한 웃음을 지으며 두 팔을 벌린다. 어서 와서 안기라는 몸짓이다. 하지만 루나는 달려들지 않는다.

"헉, 헉! 아버지! 그분이 가요. 가고 있다고요. 헉, 헉!"

"그분……? 그분이라니? 누굴 말하는 거야?"

하렌 자작이 의아하다는 표정을 짓는다.

"어마어마한 마법을 펼치신 분 말이에요. 지금 저쪽으로 나갔단 말이에요."

"뭐어……? 근데 누, 누구이더냐?"

"젊은 분이에요. 머리카락이 검은 분이세요."

"뭐? 머리카락이 검다고?"

"네, 붉은 머리와 검은 머리 두 분이 가고 있어요. 어서요."

"그, 그래! 무엇들 하느냐? 어서 쫓아가서 모셔와라."

하렌 자작의 명이 떨어지자 기사와 병사들의 허리가 직각으로 꺾인다.

"네, 영주님!"

일단의 무리가 우르르 쫓아나갈 때 루나가 소리친다.

"꼭 데리고 와야 해! 아니, 꼭 모시고 와!"

"네, 아가씨!"

기사와 병사들이 현수와 라세안의 뒤를 쫓을 때 둘은 이미 상당한 거리를 이동한 뒤이다.

라세안은 뭐가 그리 기분이 좋은지 껄껄 웃는다.

"하하! 하하하! 아마 깜짝 놀랐을 거야."

"그런가? 그게 놀랄 일이야?"

"그럼! 헬 파이어잖아. 아르센 대륙의 인간 중에는 8써클 마법사가 없어. 그런데 그게 시전되었으니 어찌 놀라지 않겠나?"

"쩝! 그게 그렇게 되나? 그런데 하나 묻겠네."

"뭐 말인가?"

"내가 시전한 헬 파이어 말일세."

"그래, 그 헬 파이어! 조금 무지막지했지."

라세안이 잠시 움찔한다. 말 그대로 무지막지한 헬 파이어의 위력이 떠올랐기 때문이다.

"그거 위력이 원래 그런가?"

"그, 그거……?"

라세안은 잠시 말을 더듬었다. 그리곤 곧이어 말을 잇는다.

"그, 그럼! 원래 그 정도는 되네. 그럼……! 헬 파이어란 모름지기 그 정도는 돼야지. 아암! 그렇고말고. 그러니까 8써클 마법이지만 궁극의 마법이라는 소리를 듣기도 하는 거지."

말을 하는 순간 5천여 오크가 일제히 비명을 지르며 불타오르던 순간을 떠올린 라세안은 갑작스러운 오한을 느꼈다.

너무도 어마어마한 마나 유동 때문이다.

그건 인간의 몸으로 뿜어낼 수 없는 양이었다.

숲의 종족 엘프의 장로급 둘이 동시에 마법을 구현시켜도 그 정도는 못할 것이다.

그렇다면 드래곤 이외엔 불가능하다는 말이다. 그렇기에 라세안은 현수의 실체를 다시 한 번 의심했다.

하지만 알 수는 없기는 마찬가지이다.

"그런데 말일세. 우리가 이 길로 쭉 가면……."

현수와 라세안이 이런저런 대화를 하며 가는 동안 하렌 자작은 성 뒤쪽에 죽어 있는 몬스터들의 사체를 치우도록 했다.

그냥 놔두면 엄청난 악취가 풍기기 때문이다. 또한 먹이가 부족한 몬스터들이 재침공할 수도 있다.

사실 이번 사태는 라세안 때문에 빚어진 일이다.

라수스 협곡을 떠나기 직전 라세안은 주변을 돌아다니며 몬스터들의 접근을 차단하도록 영역표시를 했다.

홀로 남겨진 다프네를 위한 조치이다.

그것만으로도 부족하여 마지막 수단을 준비했다. 그것은 본인의 소변이다. 폴리모프한 상태에서 배설한 것이 아니다.

라세안은 이것을 다프네에게 주었다.

그러면서 말하길 몬스터로부터 공격을 받아 경각지경에 이르거든 그것을 뿌리라 하였다.

아무튼 현수가 떠나고 얼마 지나지 않아 협곡 초입에 살고 있던 몬스터의 대규모 이동이 시작되었다.

라세안이 아무런 대책 없이 영역표시를 하는 바람에 일어난 일이다. 몬스터들이 도주할 길을 열어두었어야 하는데 그러지 않았던 것이다.

우왕좌왕하던 몬스터들이 향한 곳은 하필이면 다프네가

머무는 오두막 쪽이다. 도주하느라 굶주린 몬스터들은 먹잇감인 다프네를 보자마자 달려들었다.

본능적으로 굶주린 창자를 채우기 위함이다.

한편 오두막 안에 있다가 밖에서 나는 소리에 놀라 튀어나왔던 다프네는 사색이 되었다. 사방을 에워싼 채 달려드는 몬스터들 때문이다. 몇 마리라면 소지하고 있던 활로 해결할 수도 있지만 너무 많다.

화들짝 놀란 다프네는 얼른 오두막으로 되돌아갔다. 그리곤 라세안이 준 플라스크를 들고 나왔다.

주둥이를 막고 있던 헝겊 뭉치를 뺀 다프네는 그것을 사방에 뿌렸다. 드래곤의 소변 냄새가 풍기자 모든 몬스터가 혼비백산하며 산지사방으로 흩어진다.

감히 범접할 수 없는 존재가 근처에 있다는 느낌 때문이다.

하여 본능대로 모든 오크와 트롤, 오거는 물론이고 드레이크까지 비명을 지르며 도주했다.

이들이 내처 달린 방향이 바로 케발로 영지 쪽이다. 결국 일은 라세안이 저지르고 수습은 현수가 한 셈이다.

"자아, 이제 곧 미판테 왕국을 벗어나겠군. 안 그래?"

"그래!"

울창한 숲을 헤치고 나온 현수와 라세안이 바라보는 곳엔

고색창연한 성채 하나가 동그마니 자리 잡고 있다.

미판테 왕국에서 가장 유서 깊은 포인테스 영지의 영주성이다. 이곳은 아드리안 공국과의 국경에 접한 영지이다.

아무튼 아르가니 판 포인테스 후작은 현자로 소문난 사람이다. 소문에 의하면 재상이자 6써클 마법사인 에드가 롤랑 폰 갈리아 공작보다도 더 화후가 깊다.

이쯤 되면 중앙에서 떵떵거리는 권력을 누릴 것이다. 하지만 아르가니 후작은 좀처럼 성을 떠나지 않았다.

아니, 지난 30년간 영지를 벗어나지 않았다. 오로지 마법 연구에 몰두한 때문이다. 이쯤 되면 칩거라 할 수 있다.

아무튼 후작의 영지이기에 규모가 제법 커서 거의 모든 것이 자급자족된다. 그렇기에 타 영지와의 교류조차 없다.

심지어 후작가의 혼례 역시 영지 내에서 해결했다.

그럼에도 영지전을 겪지 않았다. 6써클 마법사의 분노를 감당하고 싶은 영주는 없기 때문이다.

영주성을 힐끔 바라본 라세안이 묻는다.

"어떻게 할 거야? 여길 들어갔다 갈까? 아님 그냥 갈까?"

"들어가세! 더운물로 목욕 좀 하고 싶어."

"뭐, 자네가 원한다면 그렇게 하지."

라세안은 이제 현수의 말이라면 가급적 들어주는 태도가 되어 있다. 그날 이후의 일이다.

아무튼 현수와 라세안이 다가가자 성문 밖에서 창을 들고 근무하던 위사들이 경계의 눈빛으로 바라본다.

"누구냐?"

"아! 우리는 지나가는 용병입니다."

"용병……? 둘 다 말이냐?"

"네, 여기서 하루 묵어가려 합니다."

"좋아, 용병패를 제시하게."

위병의 말에 용병패를 꺼내서 보여주었다. 생각보다 훨씬 높은 등급이라 생각하는지 흠칫하는 모습이다.

"B급 용병 라세안과 C급 용병 하인스?"

"그렇소."

"아, 안으로 드시오."

왠지 위병의 태도가 이상했지만 신경 쓰지 않고 안으로 들어섰다. 그리곤 여관의 위치를 물었다.

'낭만과 추억' 이라는 이름을 가진 여관도 영지처럼 오래되었는지 너무 낡아 허물어지기 일보 직전이다.

삐이꺽ㅡ!

문을 열고 들어서자 어두컴컴한 실내가 드러난다.

빛이 스며들자 안에 있던 사람들의 시선이 쏠린다.

"어서 옵쇼! 식사입니까? 숙박입니까?"

다가온 꼬맹이는 이제 겨우 열 살쯤 녀석이다.

"둘 다……! 먼저 배부터 채울 거야."

"그럼, 이쪽으로 오세요. 근데 방은 어떻게 해드려요?"

"1인실 둘 줘. 따끈한 목욕물도 준비해 주고."

"네에, 이쪽으로 오세요."

소년의 뒤를 따라 안으로 들어가니 험상궂은 장한들이 앉아 있는 테이블 뒤쪽에 자리 잡게 되었다.

"뭐로 드릴까요?"

"이 집에서 제일 잘하는 거로 2인분. 그리고 술도 주게."

"네에, 알겠습니다."

꼬맹이가 싹싹하게 구는 게 귀여웠기에 현수의 입가엔 웃음이 배어 있었다.

주문을 마친 라세안을 주변을 휘휘 둘러본다. 그러다 시선이 마주치면 슬며시 고개를 돌린다.

객지에서 온 사람이기에 경계하는 것도 아닌 듯싶다. 말로 설명할 수 없는 묘한 분위기가 잠시 지속했다.

"자아, 요리 나왔습니다. 둘이 먹다 셋이 죽어도 모를 입에서 살살 녹는 낭만과 추억의 특제 요리 오크 엉덩잇살 무침입니다."

"뭐어……?"

굶어죽게 생긴 사람들도 오크는 먹지 않으려 한다. 몬스터라 생각하기 때문이다.

지구 사람이지만 현수 역시 오크 고기는 먹어볼 생각조차 해보지 않았다. 그렇기에 눈을 크게 떴다.

이에 꼬맹이가 그럴 줄 알았다는 표정을 짓는다.

"헤헤, 농담이에요. 손님! 이건 오크 엉덩이 살이 아니라 트롤 뒷다릿살이랍니다. 헤헤헤."

"클클클!"

"크크크큭!"

"킥킥, 저건 트롤 뒷다릿살도 아니지. 아마 오거 거시기 살일 걸. 킥킥킥!"

"크하하하! 오거 거시기! 크하하하! 오거 거시기라니……."

곁에 있던 장한들이 일제히 폭소를 터뜨린다.

현수는 뭐가 진실이냐는 표정으로 주변을 둘러보았다. 이때 가장 성질 더럽게 생긴 장한이 괴소를 머금으며 입을 연다.

"이보게. 자네들이 외지 사람이라 토마스가 장난을 친 모양이네. 그건 그냥 사슴 고기니까 마음 놓고 먹게."

표정과 눈빛을 보아하니 진짜인 듯싶다.

현수는 싱긋 미소 지으며 대꾸했다.

"아! 고맙습니다. 오거 거시기 살은 진짜 별로거든요."

"크큭! 크크크큭!"

옆에 있던 장한들이 생각만 해도 웃기다는 듯 웃는다. 그러고 보니 험상궂게 생기긴 했지만 불량하진 않은 듯싶다.

"아저씨! 그런 거짓말 하면 안 되죠. 이거 진짜 오크 엉덩이 살이잖아요. 사람 속이면 안 된다고 배웠어요."

"……!"

토마스라는 꼬맹이의 말에 모두들 움찔거린다. 이때 라세안이 입을 연다.

"꼬마야. 이거 진짜 오크 엉덩이 살로 만든 거니?"

"네, 영지에 있던 도축장이 모두 문을 닫았어요. 그래서 아버지가 오크를 잡아다 파는 중이에요."

"……!"

아무래도 토마스의 말이 사실인 듯싶다. 현수는 가장 험상궂은 사내를 바라보았다. 썩소를 지으며 고개를 끄덕인다.

"흐음, 오크 엉덩이 살이라니……. 근데 맛은 괜찮니?"

"네, 아버지가 먹을 만하다고 하셨어요."

"그래? 그럼 한번 먹어볼까?"

현수가 포크로 오크 엉덩잇살 무침을 집어 들자 라세안이 고개를 좌우로 젓는다.

"웬만하면 그거 먹지 말게. 오크는 맛이 별로거든."

"맛이 별로야?"

"그래! 퍽퍽하고, 질기기만 하네. 그냥 자네가 요리해 주게."

현수는 집었던 오크 고기를 내려놓았다.

"꼬마야! 아니, 토마스. 아빠에게 가서 여쭤봐, 내가 주방을 써도 되는지."

"아저씨, 요리사세요?"

"요리사? 그래 그쯤 된다 치자."

"알았어요. 잠시만 기다리세요."

토마스가 쪼르르 주방 쪽으로 가자 라세안이 입을 연다.

"나, 탕수육이라는 그거 먹고 싶은데 되나?"

"탕수육? 그럼, 가능하지."

"좋아, 그럼 그걸로 부탁하세."

오는 동안 현수의 요리 솜씨에 완전히 매료된 라세안은 생각만으로도 입안에 침이 고이는 모양이다.

"아저씨, 아빠가 주방 쓰셔도 된대요. 근데 고기는 없으니까 알아서 하시래요."

"그래? 알았다."

현수가 자리에서 일어나 토마스의 뒤를 따르자 라세안은 기대에 찬 눈빛이고, 옆 테이블의 장한들은 고개를 갸웃거린다.

고기도 없는데 주방에서 뭘 하겠나 싶은 모양이다.

예상했던 대로 주방은 얀센의 그것과 크게 다르지 않다.

어두컴컴하고 지저분하다.

토마스의 아빠는 어딜 갔는지 보이지도 않는다. 토마스는 밖에서 부르는 소리를 듣더니 후다닥 나가 버린다.

"라이트!"

현수의 말이 떨어지기 무섭게 광도가 달라진다. 조금 전까진 어디에 무엇이 있나 정도만 식별 가능했지만 지금은 거기에 무엇이 묻어 있는지도 환히 보인다.

"흐음, 이 정도는 돼야지."

현수는 두리번거리며 화덕을 찾았다. 예상대로 나무로 불을 피워 음식을 조리한 듯하다.

"흐음, 이 정도면 오래 걸리겠는걸."

탕수육을 만들려면 기름이 펄펄 끓어야 한다. 그렇기에 강염 가스버너를 꺼냈다. 출력이 8,500kcal/h나 되는 놈이다.

참고로, 가정에서 흔히 사용하는 가스레인지가 대략 3,600kcal/h 정도 되니 화력이 매우 좋다는 뜻이다.

아무튼 재료들을 손질하기 시작했다. 하도 여러 번 해봐서 그런지 이젠 제법 주방장 포스가 풍긴다.

능숙하게 모든 것을 준비하는 동안 기름이 끓기 시작한다. 탕수육 옷을 조금 넣어 온도를 확인하곤 곧바로 튀겨냈다.

고소한 냄새가 풍기자 이게 뭔가 싶어 토마스가 가장 먼저 기웃거린다. 곧이어 라세안이 침을 질질 흘리며 들어선다.

"이봐, 아직 멀었나?"

"아니, 조금만 기다려. 하는 김에 뭘 좀 더 만들었으니까

술이나 잘 챙겨놓으라고."

"술도 자네가 내놔야 하잖나."

"참, 그렇군. 알았네. 내가 챙겨갈 테니 조금만 기다리게."

라세안과 대화를 하면서도 계속 튀겨냈다.

현수가 홀에 나타난 것은 10여 분이 흐른 뒤였다.

"자아! 하인스표 특제 요리가 나가네."

현수의 뒤에는 토마스가 조심스러운 발길로 따르고 있다. 접시 위에 수북하게 쌓인 음식을 흘릴까 싶어서이다.

"그게 다 뭐요?"

옆 테이블 사내들은 궁금하다는 표정이다. 탕수육과 라조기를 처음 보니 묻는 말이다.

"이건 이 친구의 특제 요리지. 맛 좀 보겠소?"

라세안의 말에 험상궂은 사내가 얼른 고개를 끄덕인다. 그렇지 않아도 냄새 때문에 침이 질질 흐르던 중이다.

"토마스, 테이블마다 한 접시씩 가져다줘."

"네, 손님!"

주방에서 탕수육 맛을 본 토마스는 얼른 고개를 끄덕인다. 그리곤 주방으로 쪼르르 달려갔다.

"자아, 이제 슬슬 먹어보실까?"

현수가 젓가락을 들자 라세안이 얼른 잡는다.

"이, 이보게. 그건 안 꺼내나?"

"그거……? 아! 술……. 그래, 꺼내야지."

현수가 꺼낸 것은 한국산 소주이다. 라세안은 이미 이 맛에 중독되어 있는 상태이다.

술이 따라지자 한국식 주법에 따라 둘은 잔을 가볍게 부딪치고는 단숨에 비웠다.

"캬아아아! 역시 이 맛이야."

탕수육 한 점을 우물거리며 라세안이 한 말이다.

"맛이 괜찮나?"

"그럼! 자네가 만든 건 뭐든 맛이 있네. 자아, 한잔 더 따라주게. 오늘 아주 뽕을 뽑으세."

"헐……! 뽕까지 뽑아? 그냥 적당히 마셔. 접때처럼 내일 아침에 머리 아파 죽겠다고 하지 말고."

"아! 그랬지. 알겠네. 적당히 세 병만 마시지."

"헐! 그래. 그렇게 해. 자넬 어찌 말리겠나. 안 그래?"

"그럼! 난 아무도 못 말리지."

둘은 서로 술을 권하며 배를 채워갔다. 그러는 동안 다른 테이블에서 연신 감탄사가 터져 나온다.

하긴 먹을 고기가 없어 오크 엉덩이 살까지 먹었다.

맛도 없고 질기기 이를 데 없다. 그러다 탕수육과 라조기를 먹으니 어찌 감탄사를 터뜨리지 않겠는가!

다만 라조기가 조금 맵다고 엄살 부리는 자들이 있었다.

현수와 라세안이 각자 두 병씩 비웠을 즈음이다.

삐이걱—!

문 열리는 소리와 동시에 빛이 쏟아져 들어오자 의례적인
인사를 하려던 토마스가 중간에 말을 끊는다.

"어서 옵······?"

들어선 사내는 심상치 않다. 시커먼 로브를 걸쳤는데 족히
90살은 되어 보인다. 허연 머리카락과 수염이 인상적인 이 노
인의 손에는 굵직한 용두괴장이 쥐어져 있다.

"······!"

토마스의 음성에 따라 저도 모르게 시선을 돌렸던 사람들
가운데 하나가 벌떡 일어나며 소리친다.

"허억! 여, 영주님!"

털썩—!

"······!"

조금 전 현수를 놀리려던 험상궂은 사내가 얼른 옆으로 한
걸음 이동하더니 부복한다.

"영주님······?"

라세안의 나직한 중얼거림을 들은 현수는 들어선 노인에
게 시선을 주었다. 반지의 제왕에 등장했던 간달프(Gandalf)
비슷한 분위기를 뿜어내고 있다.

그러는 사이에 다른 모든 사내가 바닥에 엎드린 채 고개를

조아린다. 까불까불하던 토마스도 포함되어 있다.

현수와 라세안만이 영문을 모르겠다는 표정이다.

이는 위장된 표정이다. 이곳 영주 따위에게 고개를 숙이고 픈 마음이 없기 때문이다.

"혹시 하인스님이십니까?"

현수와 라세안을 번갈아보던 노인의 시선은 현수에게 닿아 있다. 그리고 그의 눈빛엔 알 수 없는 기대감이 서려 있다.

"네, 제가 하인스인 것은 맞습니다. 한데 누구십니까?"

"아아! 로드시여, 저는 이곳 포인테스 영지의 영주인 아르가니라 하옵니다."

"아! 그러세……."

나이가 훨씬 많은 인물인지라 어른 대접을 해주려던 현수는 말을 멈췄다. 아르가니의 허리가 깊숙이 숙여진 까닭이다.

"괜찮으시다면 로드를 제 성으로 모시고 싶습니다."

"네……?"

"이실리프 마탑에서 오신 위대한 로드께서 어찌 이토록 누추한 곳에 계십니까? 모시기엔 협소하지만 제 성으로 가시지요."

"……!"

부복한 채 둘의 대화를 듣고 있던 장한들은 전신에 돋는 소름을 느끼며 부르르 떨었다.

포인테스 영지를 다스리는 아르가니 후작은 30년 전에 6써클에 오른 왕국 최고의 마법사이다.

최소 7써클이 되어야 현자 칭호를 듣는 것이 원칙이다. 하지만 대륙 7대 마탑의 탑주 가운데에도 6써클 마법사가 있다.

그렇기에 6써클이지만 '미판테의 현자' 라 불린다.

그런 아르가니 후작이 지극히 공손한 자세로 자신들과 농을 주고받던 청년에게 깊숙이 허리를 숙이고 있다.

그리고 이실리프 마탑이라는 말을 언급했다.

얼마 전 있었던 케발로 영지에서의 일은 이미 왕국 전역에 소문이 번져 있는 상태이다. 발 없는 말이 천 리를 가는 현상은 이곳 아르센 대륙도 마찬가지인 듯하다.

지금은 대륙의 구석구석까지 번지는 중이다.

영지전 당시 성의 뒤쪽에서 벌어진 일은 벌써 조사되었다.

미판테 왕국은 물론이고, 쿠르스 왕국와 엘라이 왕궁의 5써클 이상 마법사 거의 모두가 그곳을 방문하였다.

뿐만 아니라 7대 마탑의 수뇌부 전원도 그곳에 머물고 있다.

이들이 모여서 내린 결론은 헬 파이어를 시전한 마법사가 최하 9써클 마스터라는 것이다.

대륙에 새로운 매지션 로드가 출현한 것이다.

매지션 로드란 이 세상 모든 마법사의 수장을 뜻하는 말이다. 달리 표현하자면 마법사들의 총두목쯤 된다.

아무튼 C급 용병이라던 하인스가 바세른 산맥에서 내려온 이실리프 마탑의 마법사라는 추측이 나왔다.

그 결과 대륙은 발칵 뒤집어졌다.

7대 마탑에도 7써클 마스터는 없다. 그런데 그런 7써클 마스터 100명이 동시에 달려들어도 감당할 수 없는 9써클 마스터가 출현했으니 어찌 난리가 나지 않겠는가!

국가와 이념을 떠나 모든 마법사는 조금 더 높은 성취를 이루기 위해 평생토록 연구에 몰두한다.

이건 백마법사나 흑마법사 모두에게 해당하는 말이다.

검술이나 학문을 익힐 때에도 스승이 있고 없고의 차이가 매우 크다. 이미 그 길을 걸어본 사람의 조언은 수십 년의 고련을 단숨에 메워줄 수도 있기 때문이다.

하여 거의 모든 고위 마법사가 이실리프 마탑의 마탑주로 추측되는 하인스를 보고자 사방을 뒤지는 중이다.

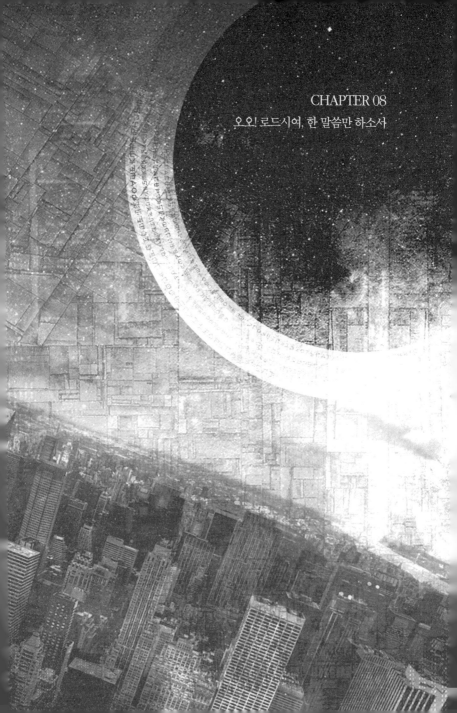

CHAPTER 08
오 오! 로드시여, 한 말씀만 하소서

전능의**팔찌**
THE OMNIPOTENT
BRACELET

오늘 아르가니는 평소와 다름없이 명상에 잠겨 있었다. 수백, 수천 번을 읽은 마법서는 이제 필요가 없다.

아예 뇌리 속에 각인되어 있기 때문이다.

아르가니는 하루에 최소 10시간 이상 명상 속에 잠겨 있다. 더 늙기 전에 7써클에 오르고자 하는 열망 때문이다.

하지만 깨달음의 실마리는 좀처럼 다가오지 않았다.

오늘은 여느 날과 달리 컨디션이 매우 좋았다. 하여 흐뭇한 마음으로 명상에 빠져들었다. 그렇게 여섯 시간쯤 지났을 즈음 뭔가가 떠오르려는 순간이다.

벌컥―!

"여, 영주님!"

누군가의 무단 침입에 아르가니가 호통을 친다.

"갈―! 내가 명상에 잠겨 있을 때에는 어느 누구도 들이지 말라 했거늘……! 네놈들이 감히……! 네놈들이 방금 무슨 실수를 저질렀는지 아느냐? 아느냐 말이다!"

집사장의 무례한 난입에 화가 난 아르가니 후작이 인상을 찌푸리자 문 앞을 지키던 기사들의 허리가 직각으로 꺾인다.

"그, 그게……! 얄루신 집사장님이 너무 급한 일이라고 해서……. 죄, 죄송합니다. 소인들을 죽여주십시오."

"끄응……!"

너무도 화가 났지만 어찌 평소 충성을 아끼지 않던 영지의 소중한 재산인 기사들을 죽이겠는가!

후작은 나지막한 침음을 내며 명상을 방해한 집사장을 노려보았다. 단숨에 잡아먹기라도 할 듯한 눈빛이다.

"얄루신! 이 시간이 내가 늘 명상에 잠겨 있는 시간이라는 거 모르나? 앙?"

후작의 음성엔 노기와 더불어 냉기까지 담겨 있다. 이에 집사장은 얼른 허리를 반으로 접으며 소리친다.

"여, 영주님! 소인이 어찌 그걸 모르겠습니까?"

"그런데 왜……? 뭐, 얼마나 대단한 일이 있다고 날 방해해? 이웃 영지가 영지전이라도 걸어왔느냐?"

"아, 아닙니다. 영주님! 어느 누가 감히 우리 영지를 노리겠습니까? 근데……."

"그런데 뭐……? 누가 죽을 지경이라도 되었나?"

"그, 그것도 아닙니다. 지금 밖에……."

얄루신 집사장은 연신 고개를 숙이며 보고를 이으려 했다. 그때마다 후작이 말을 끊으니 미칠 지경이다.

"밖에 뭐? 드래곤이라도 나타났어?"

"아, 아닙니다."

"근데 왜 내 소중한 명상 시간을 방해해?"

아흔 살이 넘었기에 이젠 웬만한 일엔 화도 내지 않는다.

하지만 막 깨달음의 실마리를 얻으려는 순간을 방해받았다 생각하니 짜증이 나는지 후작은 인상을 찌푸리고 있었다.

집사장은 평범한 보고 방식으로는 말을 끝내기도 전에 경을 칠 것이라 생각했기에 본론부터 말한다.

"여, 영주님! 로드께서 오셨습니다."

느닷없는 어휘에 아르가니가 표정을 바꾼다.

"로드……? 무슨 로드……?"

"매지션 로드 말씀입니다."

"뭐어……?"

대경실색 그 자체로 표정이 바뀐다. 그리곤 말을 이었다.

"매지션 로드? 9써클 마스터께서 오셨단 말이야?"

늘 명상에 잠겨 있느라 후작은 현수가 벌인 일을 몰랐다. 그렇기에 놀랍다는 표정을 지으면서도 고개를 갸웃거린다.

9써클 마법사가 존재할 것이라곤 상상조차 해본 적 없기 때문이다.

"네, 영주님! 일전에 케발로 영지에서……."

얄루신 집사장의 보고를 들은 아르가니 후작은 대경실색했다. 그리곤 곧장 이곳 여관으로 달려온 것이다.

그리곤 공손히 고개를 조아리고 있다. 9써클은 인간의 수명만으론 오를 수 없는 경지이다.

눈앞의 인물은 청년으로 보인다. 하지만 실제 나이는 수백 살이 넘을 수도 있다. 그리고 아마도 그럴 것이다.

그러지 않고는 9써클에 이를 수 없기 때문이다.

아르가니 후작 본인의 나이가 92세이다.

마법사이기에 아직도 살아 있지만 인간으로선 이미 수명이 끝났을 나이이다. 그럼에도 겨우 6써클이다.

그만큼 써클 하나 올리는 것이 어렵다. 그러니 수백 살일지도 모른다는 생각을 하는 것이다.

아무튼 아르가니 후작은 매지션 로드의 마음에 들기 위해 더 이상 정중할 수 없을 정도로 깊숙이 고개를 숙인 채 다시

한 번 입을 연다.

"로드시여! 소인의 청을 받아들여 주십시오."

현수는 어리둥절한 표정으로 라세안에게 전음을 보냈다.

[이 영감님, 왜 이러시지?]

[왜긴, 보아하니 6써클 끝에 있는 자이네. 자네가 펼친 헬파이어가 문제인 듯싶으니.]

[그게 왜?]

[인간의 수준을 넘었으니까⋯⋯. 그래서 로드라고 부르나 봐.]

라세안은 현수가 펼친 헬 파이어의 위력을 보고 어쩌면 10써클 마법사일지도 모른다는 생각을 한 바 있다.

그리고 어쩌면 그게 사실일 것이라고 여기고 있다.

같이 걸어오면서 이런저런 이야기를 하던 중 현수는 무협소설에 자주 등장하는 '무림에서 살아남으려면 자신의 삼 푼은 감출 줄 알아야 한다' 라는 말을 했던 적이 있기 때문이다.

아무튼 라세안은 일부러 이런 반응을 보인다 생각했다.

'무서운 놈! 어떻게 이렇게 감쪽같이 정체를 감출 수 있지? 대체 몇 백 년을 살았기에 이처럼 노회[8]한 거야?'

라세안의 이런 상념은 길지 못했다.

"로드시여! 소인이 모시겠습니다. 따라주십시오."

---

8) 노회(老獪):늙은 여우처럼 경험이 많고 교활하고 영리함.

아르가니가 더 깊숙이 허리를 숙인다. 아무래도 그냥은 물러가지 않을 것 같다. 하여 고개를 끄덕여 주었다.

"흐음! 그럽시다."

"가, 감사하옵니다. 로드!"

감격했는지 부르르 떠는 후작이다.

현수가 후작을 따라 여관을 나서자 안에 있던 사내들은 그제야 바닥에 대고 있던 이마를 뗀다.

"어쩐지……! 매지션 로드셨다니."

"후와, 까딱 잘못했으면 목숨 부지하기 힘들 뻔했다."

"맞아, 마법사들은 다 괴팍하잖아. 이봐, 자네 아까 죽을 뻔한 거 알아?"

"내가 죽을 뻔해? 왜?"

"아까 매지션 로드께 오거 거시기라고 농담했잖아."

"헉……! 마, 맞아. 후와, 오늘 내가 운이 엄청 좋은 거구나."

"그래! 그러니까 오늘 술값은 자네가 내게."

"응……? 그, 그래! 까짓 것 내가 내지."

인상 험악한 장한들은 농담을 주고받고 있지만 내심 취했던 술이 단숨에 깨는 경험을 하는 중이다.

"이, 이쪽으로… 오십시오, 로드!"

아르가니 후작이 안내한 곳은 접견실이다. 그리고 현수에게 최상석을 내주었다. 정중하다 못해 부들부들 떠는 모습이다.

한편, 라세안은 인간보다 못한 자리에 앉으라는 말에 떫은 표정이었지만 일이 어찌 전개될지 흥미롭다는 듯 팔짱을 낀 채 보고만 있다.

노인을 앞에 두고 편히 앉은 것이 미안해 한마디 했다.

"흐음, 아늑하고 좋군요."

"아! 그렇습니까? 감사합니다. 로드!"

"근데 아까부터 제게 로드라 부르시는데 왜 그러는 겁니까?"

이 말에 아르가니 후작은 몹시 당황스럽다는 표정이다.

"로, 로드! 로드께 로드라 부르지 뭐라 하겠습니까?"

"네? 그게 무슨……."

"로드! 소인이 6써클에 오른 지 어언 30년이 지났습니다. 그런데도 아직 촌보도 나아가지 못하고 있습니다."

"……?"

"그러니 소인이 깨달음을 얻을 수 있도록 금과옥조[9] 한 말씀만 부탁드립니다."

말을 마친 아르가니 후작은 이마가 땅에 닿을 정도로 깊숙이 허리를 숙이고 있다.

"금과옥조라고요……?"

---

9) 금과옥조(金科玉條):금이나 옥처럼 귀중히 여겨 아끼고 받들어야 할 규범.

"네, 로드! 감히 한 말씀 청합니다. 소인을 어여삐 여겨주십시오. 한 말씀만 하소서."

현수는 라세안을 바라보며 어이없다는 표정을 지었다.

[이게 뭐 잠자다 일어나 봉창 두드리는 소리람? 금과옥조라니? 대체 무슨 말을 해달라는 거지? 자네 아나?]

[아! 마법이 나아지지 않아 죽겠다잖아. 한마디 해줘.]

[뭘 말이야?]

[자네, 10써클에 이를 때까지 뭔가 계기가 있었을 거 아닌가? 그중 아무거나 하나 말해주면 될 것 가지고 뭘 그러나?]

[뭐어? 10써클? 내가……? 대체 무슨 소린가? 내가 10써클 마법사라니. 말도 안 되네.]

현수가 고개를 설레설레 흔들자 라세안은 진짜 무서운 놈이라는 생각을 했다. 어쩜 눈빛 하나 바꾸지 않고 저렇게 딱 잡아뗄 수 있는지 놀랍다는 표정이다.

그러면서도 9써클도 안 된다는 말을 안 하는 것으로 미루어 짐작건대 이젠 9써클 마스터인 척하려는 모양이라 생각했다.

'무서운 놈! 그런데도 지금껏 딱 8써클인 척하고 있었던 거야? 흐음, 이것도 스스로 자신을 감추려는 것이겠지? 삼 푼이라고?'

라세안의 착각은 점점 심해지고 있다. 이때 뇌리로 또 하나의 상념이 스친다.

'쳇! 친구 하기로 해놓고도 이렇게 잡아떼? 그리고 너 인마 10써클 맞잖아. 근데 왜……? 오호라, 그럼 내가 9써클쯤으로 낮춰볼까 싶어서 그러는 모양이구나.'

라세안은 또 제멋대로 재단하고는 눈빛을 빛낸다. 그러거나 말거나 현수의 전음이 이어진다.

[뭘 해달라는 건지 모르지만 그런다고 나아질까?]

[그거야 모르지. 하여간 한마디 해줘.]

아르가니 후작은 숙였던 고개를 아직도 들지 않고 있다. 이때 문 열리는 소리가 들린다.

삐이꺽—!

"말씀하셨던 음료수 가져왔습… 어머……!"

유리잔에 든 핑크빛 음료수를 소반에 받쳐 들고 오던 여인이 화들짝 놀라는 표정을 짓는다.

"……!"

복장을 보아하니 시녀는 아닌 듯싶다. 화사한 문양이 들어 있는 의복은 한눈에 보기에도 예사롭지 않기 때문이다.

나이는 갓 이십을 넘긴 듯한데 살짝 틀어 올린 머리 때문에 조금은 성숙해 보인다.

무엇보다도 늘씬하면서도 눈에 확 들어올 정도로 어여쁘다.

이 여인을 보는 순간 현수의 뇌리로 지구에서 보았던 영화

하나가 스친다.

1982년에 개봉한 '파라다이스'라는 영화이다.

19세기 바그다드에서 다마스카스로 여행하던 사람들이 갑작스러운 회교도들의 습격을 받는다.

이때 졸지에 양친을 잃은 데이빗과 아름다운 영국 소녀 사라는 사막 한가운데서 적들의 추적을 피해 달아난다.

그러다 발견한 둘만의 공간에서 소년과 소녀는 사랑을 느끼고, 마침내 서로를 경험하며 성에 눈뜨게 된다는 이야기이다.

이 영화의 히로인인 피비 케이츠는 당시 17살이었다.

눈앞의 여인은 그때의 피비 케이츠와 너무도 흡사해 보인다.

한때 대한민국 모든 청소년의 로망이었기에 현수는 놀랍다는 표정이다. 반면 라세안은 눈만 멀뚱멀뚱 뜨고 있다.

이때 여인의 입술이 열린다.

"할아버지!"

"어! 그, 그래."

현수는 상석에 앉아 있고, 아르가니 후작은 그 앞에 깊숙이 허리를 숙여 조아리고 있는 상황이다.

손녀에게 보이고 싶지 않은 모습을 보였다 생각했는지 아르가니가 떫은 표정을 짓고 있다.

"할아버지 왜 그러고 계세요? 그리고 이 사람들은 대체 뉘신데 허리까지 숙이시고……?"

여인은 현수와 라세안을 유심히 살핀다. 특히 상석에 앉은 현수에게 오랜 시간 시선을 주었다.

워낙 귀하게 길러 평소 다소 직설적이던 손녀이기에 혹시라도 말실수 할까 싶은 생각이 들었다.

"케, 케이트야! 무, 무례하지 말거라."

아르가니 후작의 말 가운데 후반부는 얼버무려졌다. 케이트라 불린 여인이 큰 목소리로 현수에게 물은 때문이다.

"말해봐요. 당신은 대체 누구지요? 왜, 우리 할아버지가 당신에게 고개를 숙이고 있었던 거예요?"

"네……?"

느닷없는 물음이기에 현수는 짧은 반문을 했다.

"말해보라구요. 우리 할아버지는 이 나라의 후작이세요. 근데 대체 당신은 누구이기에……. 설마 왕자님이신 건가요?"

후작이 공작에게 예를 표할 때에도 허리를 45° 정도 숙인다.

국왕 또는 차기 국왕이 될 왕세자를 알현할 때에도 직각 정도로 숙일 뿐이다.

아르가니는 그보다 더 숙였지만 왕자냐고 물은 것이다.

"네에? 왕자요? 제가요……? 하하, 무슨 농담을……! 아닙니다. 왕자라니요? 그런 거 아닙니다."

왕자도 아니면서 하늘같은 할아버지의 허리를 꺾이게 만든 현수에 살짝 기분이 상했다.

"그럼, 왜……? 그럼 왜 우리 할아버지가 당신에게……. 이봐요."

"케, 케이트! 말조심하거라. 로드시다."

"네……? 로드라니요?"

"어허, 케이트! 로드시라니까."

"그러니까 로드가 뭐냐고요?"

뭔 소리냐는 표정으로 고개를 갸웃거리는 케이트의 모습은 확 깨물어주고 싶을 만큼 고혹적이다.

'헐……! 내가 왜 이래?'

현수는 순간적으로 현혹될 뻔했다는 것을 깨닫고는 얼른 고개를 흔들었다. 이때 아르가니 후작의 말이 이어진다.

"케이트, 얼른 예를 취하지 못할까? 로드시다. 어서!"

"네……?"

여전히 영문 모르겠다는 표정만 짓고 있자 아르가니가 얼른 고개를 숙인다.

"로드! 죄송합니다. 소인이 잘못 가르쳐서……. 한 번만 용서해 주십시오."

"할아버지, 대체 왜……?"

"케이트! 로드시라고 말했지 않느냐? 어서 예를 갖춰라."

아르가니가 호통을 치자 케이트는 약간 놀란 표정을 짓는다. 그러더니 현수에게 가볍게 고개를 숙인다.

시키니까 할 수 없이 하는 절이다.

"뉘신지 모르지만 케이트 에이런 판 포인테스라 합니다."

"하하, 네에, 저는 하인스고 이 친구는 라세안이라 합니다."

"아……! 그래요?"

가볍게 응대하고 고개를 들던 케이트는 노려보는 할아버지의 시선을 느끼곤 흠칫거린다.

내가 대체 뭘 잘못했느냐는 표정이다.

이때 아르가니가 아예 바닥에 엎드리며 고개를 조아린다.

"로드시여! 손녀의 무례를 부디 용서하여 주시옵소서."

"……?"

"저 아이가 아직 철이 없어서 로드를 알아보지 못한 것이옵니다. 소인을 봐서라도 한 번만 봐주십시오."

"할아버지, 왜 이래요?"

부복하여 말하는 사이에 슬쩍 다가가 한 말이다.

"케이트! 네가 얼마나 큰 무례를 저질렀는지 아느냐? 저분은 이실리프 마탑에서 오신 로드이시다. 너는……."

아르가니 후작의 말은 중간에 끊겼다. 경악한 케이트의 음성 때문이다.

"네에? 이, 이실리프 마탑의 대마법사님이시라고요?"

케이트의 눈은 더 이상 커질 수 없을 정도로 커졌다. 이때 라세안의 전음이 있었다.

[이보게 친구! 자네 진짜 이실리프 마탑 소속인가?]

[그래. 거기서 나왔지.]

현수의 대답에 라세안의 눈 또한 커진다.

[그, 그럼 멀린 아드리안 반 나이젤과는 어떤 관계인 거야?]

[그분은 내 스승님이시네.]

[헐……! 진짜인가?]

라세안은 화들짝 놀라는 표정을 짓는다.

[그래, 내가 스승님의 하나뿐인 제자이지.]

현수의 대답에 라세안은 기억을 더듬었다.

수백 년 전, 멀린 아드리안 반 나이젤이라는 마법사가 있었다. 아드리안 공국의 시조이다.

당시의 드래곤 로드는 다른 모든 드래곤에게 함부로 행동하지 말라고 하였다.

아드리안 공국 변방에 위치한 영지에서 난장판을 벌이던 광룡이 멀린에 의해 사냥당한 직후의 일이다.

9써클이지만 워낙 마나 효율이 높아 10써클 위력을 내기에 드래곤 로드조차 10써클 마법사인 것으로 오인한 결과이다.

당시의 드래곤들은 어느 누구도 10써클에 이르지 못한 상황이다. 그렇기에 분쟁이 벌어질 경우 더 많은 드래곤이 사냥당할 수 있다 생각했기에 내린 경고이다.

라이세뮤리안 역시 전언을 들은 바 있다.

그때 묻기를 소드 마스터이면서 8써클 마법사와 멀린이 대결하면 그 결과가 어떻겠냐고 했다.

당시의 드래곤 로드는 이렇게 대답하였다.

"라이세뮤리안! 감히 10써클 마법사와 대결할 생각을 해? 너는 그의 말 한마디에도 목숨을 잃을 수 있다. 그러니 그런 생각일랑 말아라."

이에 또 다른 질문을 했다. 그때 로드는 이렇게 덧붙였다.

"조금 전에 말했지? '파워 워드 킬'이란 다섯 글자만으로도 너는 죽는다. 그러니 경거망동하지 말거라. 알겠느냐?"

이에 라이세뮤리안이 또 물었다. 그렇다면 몇이 덤벼야 10써클 마법사와 대등하겠느냐고 물은 것이다.

이에 로드는 이렇게 대답하였다.

"너와 나, 둘이 전력을 다해 덤벼도 그를 이기진 못할 거다. 아마 우리 둘 다 목숨을 잃을 게야."

로드의 이 말은 경각심을 주기 위한 말이다.

하지만 라이세뮤리안에겐 일종의 트라우마가 되었다. 그리고 10써클 마법사에겐 절대 덤비면 안 된다는 결론을 내렸다.

9써클 마스터에 이른 로드조차 감당하지 못한다는데 겨우 8써클에 머무는 자신이 어찌 무엇을 해보겠는가!

아무튼 현수의 말에 라세안은 저도 모르게 공경어를 쓴다.

[그, 그럼 자네 스승님은 어디에 계신가?]

[얼마 전에 작고하셨네.]

현수의 대답에 라세안은 잠시 말을 끊었다.

[……! 그럼 자네가 이실리프 마탑의 신임 탑주인 건가? 그리고 스승님의 진전을 다 이은 거야?]

[그래! 이젠 내가 이실리프 마탑의 마탑주인 셈이지. 그리고 스승님의 유전은 고스란히 내게 이어졌네.]

현수는 이실리프 마법서를 떠올리고 한 말이다.

하지만 라세안은 달리 이해했다. 현수가 멀린에 버금가는 10써클 마법사인 것으로 확정지어 생각한 것이다.

이때 케이트의 음성이 있었다.

"저, 정말인가요? 정말 공자님이 이실리프 마탑의 대마법사이신 건가요?"

아르가니는 명상에 빠져 있느라 현수에 대한 소문을 뒤늦게 접했지만 케이트는 아니다.

케발로 영지에서 있었던 일은 다음 날 이 영지에도 전해졌다. 마법사들이 통신수정구를 통해 알려줬던 것이다.

이실리프 마탑에 관한 소문은 진즉에 번진 상황이다. 현수가 테리안 왕국의 떠난 직후의 일이다.

그리고 그 때문에 미판테 왕국 등이 아드리안 공국을 공격하지 못하고 있다는 것도 안다.

최초의 소문엔 이실리프 마탑의 탑주가 기껏해야 7써클일 것이란 의견이 지배적이었다.

그런데 통신수정구를 통해 들은 이야긴 그게 아니다.

헬 파이어라는 8써클 마법이 구현되었지만 위력이랄지 파괴 반경이 어마어마한 것으로 미루어 짐작건대 9써클 마스터일 것이라는 것이다. 10써클은 인간이 넘볼 수준이 아니기 때문에 상상조차 못한 것이다.

귀족가의 여식이지만 케이트는 어려서부터 마나의 길을 걷는 마법사이다. 하여 19세지만 벌써 3써클이다.

아르센 대륙에서도 찾아보기 힘든 성취이다.

물론 마법에 미쳐 있는 할아버지와 아버지 등의 영향과 훈육이 큰 힘을 발휘한 결과이다.

아무튼 현재 케이트의 넋은 반쯤 나간 상태이다. 매지션 로드는 아르센 대륙 전체에 오로지 하나뿐이다.

그 기준은 물론 얼마나 고 써클이냐는 것이다. 7대 마탑의 탑주조차 7써클 마스터가 없는 상황이다.

그런데 느닷없이 9써클 마스터가 등장했다. 이건 대륙 각지의 마탑주들이 모여서 내린 결론이다.

따라서 더 따져볼 것도 없이 이실리프 마탑에서 나온 하인스라는 C급 용병이 매지션 로드이다.

여기에 하나의 단서가 붙기는 한다. 하인스가 이실리프 마탑의 마탑주여야 한다는 전제가 그것이다.

이실리프 마탑에 얼마나 많은 마법사가 포진해 있는지는 알 수 없다. 그중 가장 높아야 한다는 뜻이다.

아무튼 케이트는 믿을 수 없었다. 눈앞의 사내는 이제 겨우 20대 중반으로 보인다. 그런데 어찌 대륙 전체 마법사들의 흠모를 한 몸에 받는 매지션 로드가 될 수 있다는 말인가!

이런 상념이 뇌리를 스칠 때 아르가니 후작이 다시 한 번 허리를 접는다.

"로드시여! 부디 손녀 아이의 무례를 용서하여 주시옵소서."

"로드라니요? 전 그런 사람 아닙니다."

현수가 얼른 손사래를 쳤다. 이때 라세안이 한마디 거든다.

"이실리프 마탑의 마탑주가 매지션 로드가 아니면 대체 누가 로드를 하지? 안 그래?"

"이, 이보게……."

"왜 감춰? 사실이잖은가!"

라세안의 말에 아르가니 후작의 눈이 더 커진다.

"헉! 마탑주시라니……. 그 말씀 정말이시옵니까?"

"끄응……!"

현수가 침음을 내는 순간 아르가니 후작과 케이트는 아예 바닥에 엎드린다. 오체투지한 것이다.

"오오! 로드시여……. 소인의 일생에 최대 광영이옵니다."

"로드시여, 소녀의 무례를 용서하여 주시옵소서."

둘의 태도를 비유하자면 사제가 되기 위해 신학교에 막 입교한 신학생이 로마 교황청 교황을 만났을 때와 흡사하다.

감격에 겨워 부들부들 떨고 있었던 것이다.

아르가니 후작은 격동 때문에 눈물까지 흘리고 있다.

"오오! 오오오! 로드시여, 로드시여……!"

"끄응! 어서 일어나십시오."

"로드! 말씀부터 낮춰주십시오, 제가 어찌 감히 로드께 존대어를 듣겠습니까?"

"어휴! 알았습니다. 그러니 일어나십시오."

그래도 나이가 있기에 반쯤 존대했음에도 고개를 흔든다.

"로드시여! 감당하기 어렵습니다."

"끄응! 알았네. 어서 일어나게."

"감사하옵니다."

"케이트도 일어나고."

"네, 로드!"

아르가니 후작과 케이트는 일어섬과 동시에 공손하게 두

손을 모으고 고개를 조아린다.

[대체 이 사람들 왜 이래?]

현수의 물음에 라세안이 조금은 심각한 표정으로 대꾸한다.

[마법사라는 놈들이 조금 이상한 구석이 있어. 어떤 때 보면 편집증 환자 같기도 해.]

[그래도 정도가 좀 심하지? 너무 공손하잖아. 안 그래?]

[보아하니 자네에게 한마디 듣고 싶어 안달이 난 모양이네. 그러니 자네가 깨우침을 얻었던 계기를 말해주게. 안 그럼 여길 나가지도 못할 것이네.]

[끄응! 정말 미치겠군.]

라세안은 이제 네 일은 네가 알아서 해라는 표정이다.

"로드시여……!"

"깨달음이라는 게 강제로 얻어지지 않는다는 것쯤은 잘 알 텐데 대체 왜 이러나?"

"……! 소인은 6써클에 오른 지 30년이 넘었습니다. 한데 아직도 6써클에 머물러 있습니다. 부디 헤아려 주시길……."

"끄응! 그럼 한마디만 하지요."

"아이고, 로드! 말씀 낮추십시오. 감당하기 어렵습니다."

"끄응! 알았네. 아무튼 깨달음이라는 것은 누가 말해준다 해서 얻어지는 게 아니라는 것쯤은 알지?"

"네, 로드!"

"최초의 깨달음을 얻었던 것은 내가 마나라는 물속에 있다는 생각을 한 직후였네. 이토록 널려 있으니 마나를 굳이 몸에 담으려 할 필요가 없다는 거지. 알아들었나?"

"……?"

아르가니는 벌써 생각에 잠긴 모양이다.

아직 써클이 낮은 케이트는 눈만 말똥말똥하게 뜬 채 현수를 바라보고 있다.

감히 넘볼 수 없는 저 높은 곳에 계시는 분이시다. 그런데 너무 젊고 잘 생겨 보인다. 하여 현수의 영상이 화인처럼 여린 가슴에 박히는 중이다.

"후작이 명상에 잠겼으니 우린 자리를 비켜주세!"

"그래! 그러지."

현수와 라세안이 나가는 동안에도 케이트는 시선을 고정한 채 가만히 있었다.

둘은 조용히 접견실을 빠져나와 곧장 성 밖으로 향했다.

"목욕 좀 하고 쉬려고 했는데 안 되겠네. 그냥 가자."

"그래. 자네가 원하는 대로 하지."

현수와 라세안은 곧장 영주성을 빠져나와 아드리안 공국 쪽으로 발걸음을 옮겼다.

같은 시각, 케이트는 로드께서 머물 방을 준비하느라 여념이 없다. 먼저 가장 깨끗하고 전망 좋은 방을 골라냈다.

자신이 쓰던 방이다.

그리곤 시비들을 총동원시켜 먼지 한 점 없도록 청소를 시켰다. 다음엔 가장 좋은 침대를 들여놓고 새 침구를 깔았다.

주방에도 연락하여 최상급 요리들을 준비토록 하였고, 술도 최고급으로 골라냈다.

그다음이 목욕재계이다. 후작의 손녀지만 로드에게 기꺼이 몸을 바치리라 마음먹은 것이다. 비록 하룻밤에 끝날 수도 있는 일이지만 그것만으로도 일생의 광영이라 생각한 때문이다.

같은 시각, 현수와 라세안은 포인테스 영지 외곽의 숲으로 들어가고 있다.

제법 울창한 숲인지라 금방 오크 몇 마리가 나타난다.

이 녀석들은 현수와 라세안에게 접근하려다 아이쿠 뜨거워라 비슷한 표정을 지으며 쏜살처럼 사라졌다. 귀찮은 걸 싫어하는 라세안이 존재감을 드러낸 직후의 일이다.

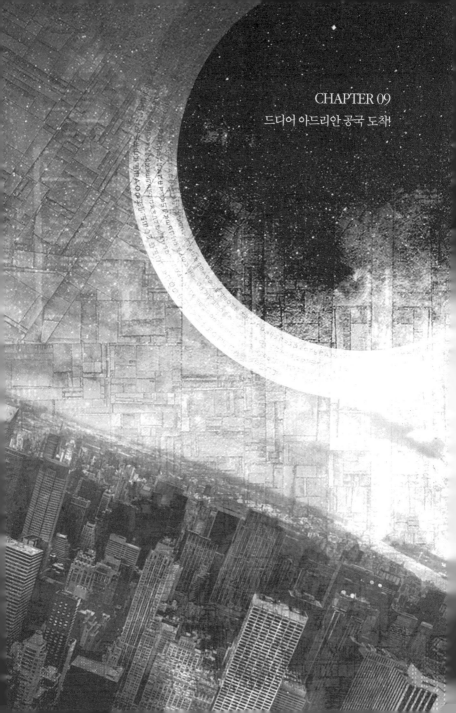

CHAPTER 09
드디어 아드리안 공국 도착!

"후작의 손녀 제법 예뻤지?"

"응? 뭐라고……?"

꽤 울창하지만 이 숲만 지나면 아드리안 공국이다. 그렇기
에 어찌 처신할 것인지를 생각하던 현수의 반문이다.

"아르가니 후작의 손녀 말이야. 케이트라는 아가씨!"

"그래, 케이트가 뭐?"

"예쁘지 않던가?"

라세안이 무슨 의도인지 몰라 현수가 눈을 크게 뜬다. 그러
다 번뜩이는 상념이 있어 한마디 했다.

"······! 설마, 자네도 자네 아버지 라이세뮤리안처럼 인간 여자를 취하는 취미가 있는 건 아니겠지?"

"그, 그러면 안 되나?"

"드래고니안 마을에도 여자들 많잖아. 왜 그래?"

현수가 변태 바라보는 듯한 시선으로 보니 얼른 말을 주워 담는다.

"아······! 미안하네. 자네가 마음을 품었나 보군. 하긴 오랜만에 본 예쁜 얼굴이었어. 몸매도 괜찮았고. 내가 양보하지. 그래! 이번엔 내가 양보할 테니 자네가 취하게."

"뭐라고······?"

현수가 이번엔 대체 무슨 망발이냐는 표정을 짓자 라세안이 얼른 말을 얼버무린다.

"포기했다니까! 그러니 자네 가지라고."

"헐······!"

현수는 어이없다는 표정을 지었다. 그리고 이 대화는 일단락된 것으로 여겼다. 그런데 숲을 지나는 내내 툭하면 케이트에 관한 말을 꺼낸다.

입었던 옷이 어땠고, 그 속에 감춰진 몸매가 상상 이상일 것이라는 등등이다. 눈치를 보아하니 어지간히 탐이 나는 모양이다. 놔두면 몰래 납치라도 할 수 있겠다 싶다.

그렇기에 특단의 대책을 내놓지 않을 수 없었다.

"이봐, 라세안!"

"왜 그러나 친구!"

"케이트를 그만 넘봤으면 좋겠어. 내가 점찍었거든."

"자네가 점을 찍어? 그게 무슨 뜻인가?"

"지금은 바빠서 그냥 가는 거지만 나중에 내가 가질 생각이라는 뜻이야. 그러니 이제 케이트 이야긴 그만하게."

물론 마음에도 없는 소리이다.

현수는 꿈 많은 소녀 하나가 드래곤에게 납치되어 신세 망치는 꼴을 보고 싶지 않았던 것이다.

이걸 어찌 라세안이 짐작이나 하겠는가!

"……! 그런 거였어? 알았네. 자네가 가진다면 내가 양보해야지. 우린 친구니까."

이 말을 끝으로 라세안은 케이트에 관한 말을 꺼내지 않았다. 그럼에도 가끔 입맛을 다시는 걸 보면 어지간히 아쉬운 모양이다. 사실 그럴 정도로 예쁘고 육감적이긴 했다.

그러거나 말거나 현수는 숲을 헤치며 전진했다. 그러다 멀리 양국 국경 수비대가 대치하는 모습이 보이는 곳에 당도했다.

"흐음, 드디어 국경에 당도했군. 나는 C급 용병이라 괜찮지만 자넨 B급 용병이라 출국이 자유롭지 못할 텐데 어쩌지?"

"그냥 자네 혼자 넘어가게."

"이쯤에서 헤어지자는 소리지?"

"아니! 나는 내가 알아서 월경하겠다는 뜻이네."

"그래? 알았어. 그럼 내가 먼저 가지."

현수는 부러 아무렇지도 않은 듯 국경수비대들의 엄중한 경계망 쪽으로 다가갔다.

힐끔 바라보니 라세안은 어디론가 사라지고 없다.

이에 현수는 얼른 의복을 갈아입었다. C급 용병 하인스는 이실리프 마탑의 마법사로 소문이 난 상태일 것이다.

당연히 국경을 넘기 힘들 것이다. 미판테 왕국 입장에서 보면 적국의 편을 들어줄 너무도 강력한 힘이기 때문이다.

현수가 갈아입은 의복은 누가 봐도 귀족티가 나는 고급 옷이다. 천천히 걸어 경비병 근처에 당도하니 정중히 묻는다.

"누구십니까? 신분을 밝혀주십시오."

"수고가 많다."

"……! 누군지 신분을 밝혀달라고 했습니다."

경비병은 예사롭지 않은 현수의 의복을 보고 존대한다.

"나는 코리아 제국의 하인스 백작이다."

"네……? 어디의 백작님이시라고요?"

생전 처음 듣는 나라 이름이기에 저도 모르게 반문한 모양이다. 그리곤 아차 실수했다는 표정을 짓는다.

귀족에게 잘못 보이면 작살나는 수가 있기 때문이다.

"흐음, 코리아 제국이라고 했다."

"네에? 그런 제국도 있습니까?"

말을 해놓곤 또 실수했다는 표정이다.

"있다. 그러니 비켜서라."

"자, 잠깐만요. 잠시만 기다려 주십시오."

공 후 백 자 남으로 규정된 귀족 서열 가운데 백작은 중앙에 있으면서도 고위 귀족으로 분류된다.

이는 국경 수비 임무를 맡는 변경백 때문이다.

변경백[10]은 주로 백작이 맡는다. 그리고 같은 백작이라 할지라도 중앙의 백작보다 높이 친다. 월등한 군사력을 보유하기 때문이다. 그렇기에 고위 귀족으로 분류되는 것이다.

경비병은 지금 하인스라는 코리아 제국의 백작에 관한 일을 처결할 수 없다. 그만한 직위에 있지 않기 때문이다.

하여 황급히 상부의 지시를 받으러 자리를 비웠다.

물론 그 이외에도 20여 병사가 호기심 어린 시선으로 바라보는 중이기에 조용히 기다려 주었다.

괜한 시비를 만들기 싫어서이다. 하지만 귀족으로서 기다려야 한다는 것에 대한 짜증은 표정으로 나타내고 있었다.

경비병이 긴급보고를 하러간 지 십 분 만에 당도한 풍채 좋

---

10) 변경백(邊境伯, Margrave):중세 세습 귀족 중, 타국과 영토가 맞닿은·일부 봉토의 영주를 특별히 일컫는 말. 보통의 봉건귀족들이 자신들의 봉토에 대해 얻는 권리에 더해, 외침에 대비한 군사권과 자치권이 폭넓게 인정된다.

은 사내는 오십대 중반으로 보인다. 실제는 어떨지 모르지만 욕심 사납게 생긴 메기를 닮은 인물이기도 하다.

"허엄, 본관은 베르세 반 스트마르크 백작이라 하오. 코리아 제국의 백작이라는 보고를 받았는데 맞소이까?"

"그렇습니다. 코리아 제국의 하인스 멀린 백작입니다."

"아! 그러십니까? 한데 수행원들은 어디에 있습니까?"

베르세 백작은 현수 주위에 아무도 없음을 의아하다는 표정으로 바라보고 있다.

"제법 먼 곳을 여행하다 보니 모두 불의의 사고를 당해 불귀의 객이 되었습니다."

"이런……! 그렇다고 어찌 수행원 하나 없이 여행을 한단 말씀입니까? 고위 귀족인 백작께서……."

베르세 백작은 왕국의 백작이고, 현수는 제국의 백작이다. 그렇기에 나이도 많지만 쉽게 말을 놓지 못하고 있다.

"처음엔 불편했으나 이젠 혼자 다니는 것도 괜찮습니다. 그런데 왜 길을 막지요? 타국의 귀족이라 할지라도 어느 국가든 왕래는 자유롭다 들었는데."

"그야 그렇습죠. 하지만 출국 이유를 기록으로 남겨야 해서……. 아드리안 공국으로 가려는 이유를 말씀해 주십시오."

"흐음, 좋습니다. 공국 남쪽에 있는 항구에서 배를 타고 본국으로 귀국하기 위함입니다."

"아! 그렇다면 엘라이 왕국 남쪽에 위치한 드래곤랜드로 가시는 겁니까? 풍문에 듣자니 거긴 카린이라는 웅대한 산맥이 있다고 들었습니다만."

괜스레 아는 척하는 표정이다. 내심 웃겼지만 표정 구기지 않고 대답했다.

"아닙니다. 그보다 훨씬 더 남쪽에 위치한 어스 대륙으로 갈 겁니다."

"네에? 어스 대륙이라고요? 그런 땅덩이도 있답니까?"

"있습니다. 그러니 가려 하지요."

현수의 단호한 표정으로 미루어 짐작건대 진실인 듯싶었던 모양이다. 베르세 백작은 고개를 끄덕인다.

"흐음, 알겠습니다. 그렇게 기록을 남기지요. 그런데 우리 미판테 왕국에서의 시간은 즐거우셨습니까?"

"뭐, 나쁘진 않았습니다. 아니, 생각해 보니 좋았군요. 참으로 인상적인 방문이었습니다."

현수는 인연을 맺은 카이로시아와 로잘린을 떠올리고는 싱긋 웃었다. 이게 상대에게 호감을 준 모양이다.

"즐거우셨다니 다행이군요. 그럼 앞으로도 편한 여행을 하십시오. 참, 수행원이 없어 불편하시다면 이곳에서 노예 몇을 사는 건 어떻겠습니까?"

"노예요?"

"네, 제법 큰 노예시장이 상설되어 있습죠. 수수료도 싸고 하니 한번 둘러보길 권합니다."

"아! 네에. 감사합니다. 하지만 혼자 다녀버릇 하니 이것도 괜찮은 것 같습니다."

"뭐, 그러시다면……! 아무튼 즐거운 여행 하십시오."

"감사합니다."

"경비병! 하인스 백작님이 국경을 넘어가신다. 길을 열어 드려라."

"네, 백작님!"

경비병은 명이 떨어지는 즉시 바리케이드를 치운다. 그 주위엔 기사 다섯이 삼엄한 표정으로 지키고 서 있다.

이쪽에서 저쪽으로, 또는 저쪽에서 이쪽으로 오려는 사람들이 무리지어 서 있지만 어느 누구도 감히 나오지 못한다.

정말 특별한 경우가 아니면 통행을 금지한 듯하다.

사람들의 시선을 한 몸에 받으며 국경을 통과하자 이번엔 아드리안 공국 경비병이 앞을 가로막는다.

"잠시 멈춰주십시오. 그리고 신분을 밝혀주십시오."

"코리아 제국의 하인스 백작이다. 아드리안 공국에 입국하려 한다. 책임자는 누군가?"

처척—!

신분을 밝히자 즉각 차렷 자세를 취한다. 귀족에 대한 예우

일 것이다. 그리곤 입을 열었다.

"백작님이셨군요. 죄송합니다만 이곳에서 잠시만 기다려 주십시오. 국경 경비대장님을 모셔오겠습니다."

"흐음, 알겠네."

잠시 후 40대 장한이 큰 창을 든 채 다가온다.

"안녕하십니까? 아드리안 공국 중서부 국경대장 알버트 폰 드세린 자작입니다."

"반갑소. 코리아 제국의 하인스 멀린 백작이오."

똥개도 제집에서는 큰소리치는 법이다. 한 등급 낮은 작위이지만 나이도 있는 듯하여 반쯤 말을 높여주었다.

"반갑습니다. 백작님! 본국 입국 목적을 말씀해 주십시오."

"여행이오."

다소 오만한 표정이다. 이는 백작에 걸맞은 태도였다.

"네……? 아, 여행이요."

자작은 의아하다는 표정을 짓는다.

이실리프 마탑의 마법사가 출현했다는 소문 이후로 모든 전투가 멈춰 있다. 그렇다 하여 휴전이나 종전인 것은 아니다.

언제 어디서든 다시 칼부림이 벌어질 수 있는 상황이다.

이런 때라면 여행을 목적으로 전쟁 중인 나라에 입국하지는 않을 것이기에 납득하기 어렵다는 표정을 지은 것이다.

"아드리안 공국의 인심이 좋고, 풍광도 좋다 하여 방문했

소만 입국 못할 이유라도 있소?"

"아, 아닙니다. 본국에 입국하시는 것을 환영합니다. 하지만 본국은 현재 삼국 연합과 전쟁 중에 있습니다. 백작님의 신분을 증명할 수 있는 걸 내주십시오."

"흐음, 그러라면 여기 있소."

현수는 태연스레 주민등록증을 꺼내서 보여주었다.

"이게 뭡니까?"

아르센 대륙의 귀족 대부분은 반지 형태의 인장을 신분증명용으로 들고 다닌다. 처음 제작할 때 귀족 본인의 혈액을 이용하므로 누구도 위조할 수 없다.

그래서 마법인장을 요구했는데 얄팍한 무엇인가를 내놓기에 의아하다는 표정이다.

"그게 본국의 신분증명서요. 좌측에 있는 것이 내 초상화요. 확인해 보시오."

"헐……! 세상에 어떻게 이렇듯 정교하게……."

현수의 말에 따라 주민증에 시선을 주었던 알버트 자작이 입을 딱 벌린다. 물론 그림이 너무도 정교했던 때문이다.

"그림 아래 찍혀 있는 붉은 것은 본국 황제 폐하의 직인이오. 그리고 그 문자들은 내가 백작이라는 내용이고."

"아! 그렇습니까?"

"이곳과는 문자 자체가 달라 읽지 못하겠지만 내가 셰울이라는 영지의 영주라는 내용도 담겨 있소."

글자의 크기가 일정하고 반듯반듯한 것을 보니 평민의 것은 아니라는 생각이 드는지 알버트 자작은 고개를 끄덕인다.

"뒤쪽을 보면 본인의 지문이 찍혀 있소. 앞의 그림뿐만 아니라 손가락 끝의 문양까지 확인할 수 있소."

"아! 그렇군요."

"우리 제국에선 사람마다 지문이 다르다는 것을 이용하여 신분증을 만든 것이오."

자신의 손가락 끝을 유심히 살피던 알버트 자작이 고개를 끄덕인다.

"확인된 것 같습니다. 백작님!"

"그럼 이제 입국해도 되는 겁니까?"

"물론입니다. 아드리안 공국에 오신 것을 환영합니다."

알버트 자작은 주민등록증을 내주며 옆으로 비켜선다. 지나쳐 가라는 뜻이다.

현수는 주민증을 챙겨 넣고는 천천히 걸어 입국심사대를 지나쳤다. 이때 알버트 자작이 생각났다는 듯 묻는다.

"저어, 백작님! 실례가 되지 않는다면 방금 제가 본 그 신분증의 재질이 뭔지 말씀해 주시겠습니까? 처음 보는 거라……."

어찌 무슨 뜻인지 모르겠는가!

현수는 피식 실소를 지으며 입을 열었다.

"드래곤의 비늘이라오. 우리 제국에선 백작 이상 고위 귀족과 그 가족에겐 드래곤의 비늘을 손봐서 신분증을 만들어 주오."

"네에……? 드, 드래곤의 비늘이라고요?"

알버트 자작은 깜짝 놀랐다는 듯 눈을 크게 뜬다. 감히 상상도 할 수 없는 말이기 때문이다.

장난기 많은 현수가 어찌 그냥 지나치겠는가!

"맞소! 드래곤의 비늘을 만진 사람은 재수가 좋다고 하니 오늘은 도박을 해봐도 될 것이오."

"아……! 정말입니까?"

알버트 자작이 눈을 번쩍 뜬다. 듣던 중 반가운 소리라는 표정이다. 그러면서도 진의 파악을 위해 눈빛을 빛낸다.

"해보면 알 것이오."

"아! 좋은 정보, 감사합니다."

알버트 자작이 환히 웃는다. 현수는 가볍게 손을 흔들어주고는 건물 밖으로 나섰다.

경비를 하던 병사가 화들짝 놀라며 차렷 자세를 취한다.

모르긴 몰라도 전쟁 발발 이후 이렇게 들어온 귀족이 없기 때문일 것이다.

"이보게, 병사!"

"네, 말씀하십시오."

잔뜩 군기가 든 걸 보니 아직 신병인 모양이다.

"멀린으로 가려면 어디로 가야 하나?"

"멀린 말입니까? 멀린은 저쪽입니다. 하지만 혼자선 가기 어려울 것입니다."

"왜지?"

"저쪽에 보이는 저 산맥을 넘어가야 하는데 워낙 몬스터들이 많아서 그렇습니다. 상단을 따라 가시거나, 용병을 고용하셔야 할 겁니다. 참고로 용병지부는 저쪽에 있습니다."

"흐음, 고맙네."

현수는 주위를 두리번거리며 용병지부 쪽으로 이동했다. 길이 그것 하나밖에 없기 때문이다.

그러면서 라세안을 찾았지만 보이지 않는다.

입국심사대에서 용병지부까지는 제법 거리가 있었다. 천천히 걷던 중 눈에 익은 표시가 보인다.

"어라! 저건……."

현수가 본 것은 아내가 될 카이로시아의 이레나 상단 마크였다. 반가운 마음에 상단 안으로 들어섰다.

딸랑, 딸랑—!

누구든 문을 열고 들어서면 소리가 나는 종이 달려 있었는지 경쾌한 소리를 낸다.

"아! 어서 오십시오. 손님! 무엇을 도와드릴까요?"

환한 웃음을 지으며 다가선 인물은 40대 초반으로 보이는 서글서글해 인상의 사내이다.

"흐음, 나는 하인스라 하는데 혹시 미판테 지부에서 온 전갈이 있는지 알고 싶네."

"네? 하인스님이시라고요? 그럼, 혹시 하인스 멀린 백작님 본인이십니까?"

"그래, 그렇네."

"아! 백작님, 말씀 많이 들었습니다. 그리고 처음 뵙습니다. 잠시 접견실로 드시겠습니까? 그렇지 않아도 얼마 전에 당도한 전언문이 있습니다."

"그래? 그러지."

서기인지 뭔지 알 수 없는 이레나 상단 사람의 뒤를 따라 들어간 곳은 널찍한 접견실이다.

밖은 평범한데 안은 화려하고 아기자기하다.

테세린의 그곳과 크게 다르지 않은 모습인 걸 보면 이레나 상단만의 스타일인 모양이다.

현수가 푹신한 소파에 앉자 정중히 고개 숙이며 입을 연다.

"여기서 잠시만 기다려 주십시오. 곧 돌아오겠습니다."

"흐음, 그러지."

사내가 나가고 얼마 지나지 않아 소녀 하나가 잔에 주스 비숫한 걸 내온다.

걷느라 입맛이 썼기에 단숨에 비웠지만 양이 차질 않는다.

"뜨거운 물은 가져다주겠느냐? 아, 마실 거다."

커피를 마셔볼 생각을 한 것이다.

"네, 백작님!"

공손히 허리 숙여 예를 갖춘 소녀가 밖으로 나가고 얼마 지나지 않아 더운물을 가져왔다.

그런데 뜨겁지 않아 마법으로 이를 데웠다.

"히팅!"

물이 부글부글 끓자 미리 준비해 놓은 커피잔에 그것을 부었다. 곧이어 향긋하면서도 그윽한 아라비카 향이 번진다.

"흐음!"

향을 맡고는 한 모금 들이켰다. 언제든 명이 떨어지면 그것을 수행하기 위해 시립해 있던 소녀의 코가 살짝 움직인다.

"한 잔 줄까?"

"네? 아, 아닙니다. 소녀가 어찌……. 괜찮습니다."

말도 안 된다는 표정이다. 하긴 백작과 상단에서 심부름하는 소녀가 어찌 동석하여 차를 마시겠는가!

덜컹—!

문이 열리며 처음 현수를 맞이했던 사내가 들어선다. 그 역시 향을 맡았는지 잠시 멈칫한다.

그리곤 현수 앞에 놓인 찻잔을 바라본다. 사내의 시선은 곁에 있던 소녀에게로 향했다. 높은 가격에 팔아야 할 상품을 소녀가 꺼내온 것으로 여긴 것이다.

어찌 이 뜻을 모르겠는가!

소녀는 자신과 관련 없다는 뜻으로 고개를 살래살래 흔들었다. 하지만 사내의 굳은 표정은 풀어지지 않았다.

현수 앞에 놓인 한국도자기에서 만든 찻잔은 요즘 아드리안 공국 귀족들이 앞다퉈 구하려는 귀물 중의 귀물이다.

두 개의 잔과 잔 받침으로 이루어진 커피잔 세트는 12골드에 판매되는 중이다. 한국 돈으로 대략 1,200만 원에 해당한다.

한국에선 3~4만원에 팔리는 것이다.

금이나 은으로 장식된 것은 30골드까지 받는다. 한국에선 8~10만 원에 팔리는 것이다.

아무튼 이레나 상단 아드리안 공국 지부에서 요즘 가장 귀한 물건이 바로 커피잔이다. 그런데 그걸 무단으로 꺼내서 썼으니 표정이 굳은 것이다.

하지만 현수를 앞에 두고 시녀를 야단칠 수는 없는 노릇이다. 하여 사내는 가져온 서류를 공손히 내려놓았다.

"저어, 백작님! 이게 미판테 지부로부터 백작님께 온 전언 통신문입니다."

"흐음, 그런가? 일단 앉게. 궁금한 게 좀 있네."

"아이고, 제가 어찌 백작님과 함께⋯⋯."

사내의 말은 중간에 끊겼다. 현수가 먼저 입을 열었기 때문이다.

"흐음, 자네도 차 한 잔 하겠나?"

현수는 말을 하며 아공간에서 다른 커피잔 세트를 꺼냈다. 화사한 꽃 그림이 그려진 아주 예쁜 잔이다.

그제야 사내는 커피가 담긴 잔이 자신들이 취급하는 상품이 아니라는 걸 알아차렸다. 그리고 미판테 지부에서 판매하라며 보내준 것이 누구의 손에서 나온 것인지도 눈치챘다.

"이건⋯⋯! 상당히 고급 찻잔이군요."

"그래? 괜찮지?"

"아이고, 물론입니다."

"자, 일단 차나 한 잔 마시게. 히팅!"

현수의 말이 끝나기 무섭게 소녀가 떠다 준 물이 다시 끓는다. 커피를 넣고 물을 따르자 향이 또 번진다.

"자네 입엔 맛이 어떨지 모르겠지만 마셔보게."

"감사합니다. 백작님!"

"그래."

사내가 향을 맡고 한 모금 들이켤 때까지 말없이 바라만 보았다. 현수의 뒤쪽에 있던 소녀는 침을 꿀꺽 삼킨다.

자기도 맛을 보고 싶지만 감히 청할 수 없었기 때문이다. 현수는 피식 실소를 짓고는 다시 물을 데워 커피를 만들었다.

"자! 너도 마셔보거라."

"네? 아, 아닙니다. 소녀가 어찌……."

"괜찮다! 그러니 어서 받아라."

현수가 찻잔을 들고 있으니 받지 않을 수도 없는지라 사내의 눈치를 살핀다. 이에 사내가 슬쩍 고개를 끄덕였다.

"감사합니다. 백작님!"

소녀가 얼른 잔을 받자 그제야 시선을 돌려 사내를 보았다.

"자네 이름은?"

"아! 죄송합니다. 제 이름은 윌리엄입니다. 이곳 아드리안 공국 지부장을 맡고 있습니다."

"아! 그런가? 그럼 카이로시아와는 동급이군."

"아닙니다. 제가 어찌 카이로시아 영애님과 동급이 되겠습니까? 저는 평민입니다."

그러고 보니 카이로시아는 백작의 딸이다. 하여 고개를 끄덕여 주었다.

"그건 그렇고 요즘 상단은 좀 어떤가? 미판테 지부에 뭔 일이 있는 건 아니지?"

"그럼요! 미판테 지부는 새로 독점 취급하는 찻잔과 티스푼, 그리고 포크와 머리핀 등으로 저희 이레나 상단 최고의 이문을 남기고 있는 중입니다."

"그래? 그거 다행이군. 그밖에 다른 일은 없나? 유카리안 영지와의 분쟁은 어찌 되었다고 하나?"

"그 일은… 아직 해결되지 않았다고 합니다. 유카리안 영지의 영주님께서 마나석 광산의 채굴권을 이미 다른 상단에 넘겼는지라……."

"그럼 먼저 받아간 15,000골드는 반환했다고 하나?"

"아닙니다. 아직 반환받지 못한 것으로 알고 있습니다."

"흐음, 그래?"

이 말을 끝으로 현수는 묻지 않았다. 자세한 건 나중에 카이로시아에게 직접 물어보면 되기 때문이다.

윌리엄은 서둘러 차를 마시고는 자리에서 일어선다.

"백작님! 전언 통신문을 확인하시는 동안 제가 잠시 자리를 비워도 되겠습니까?"

"물론이네. 바쁜 일 있으면 나가도 좋아."

"감사합니다. 그럼 이만!"

고위 귀족과 마주앉아 있는 것은 결코 마음 편한 일이 아니다. 그렇기에 윌리엄은 얼른 자리에서 일어난다.

시중들던 소녀도 눈치를 살피더니 슬그머니 나간다.

"헐, 이런 걸 좋이라고……."

전언 통신문이란 마법 통신구를 통해 들은 이야기를 받아 적은 것이다. 이건 얇은 짐승 가죽에 기재된다.

그리고 한번 사용된 것은 물에 빨아 다시 쓴다. 그러다 보니 오래 사용한 것은 너덜너덜해진다. 여기저기 구멍 나기도 한다. 지금 현수가 펼친 것이 그러하다.

작은 구멍들이 뻥뻥 뚫린 짐승 가죽엔 잉크 비슷한 것으로 쓰인 문자들이 있었다.

사랑하고, 존경하는 하인스 백작님께!

어디에 계신지 몰라 모든 지부에 이 전언문을 보냅니다.

미판테 지부는 요즘 폭풍 같은 성장을 하고 있습니다. 모든 게 백작님의 덕분이기에 고개 숙여 깊은 감사를 드립니다.

하인스 상단의 물건은 결국 다 팔렸습니다. 하여 저희가 취급하던 곡물을 취급하도록 하였답니다.

백작님, 어디에 계신지 모르겠습니다만 뵙고 싶은 마음뿐이랍니다. 바쁘지 않으시다면 잠시 들러 저의 이 외로운 마음을 어루만져 주시길 간청 드립니다.

당신의 카이로시아가 사랑을 담아 보냅니다.

"흐음!"

내용은 별게 없다. 하긴 마법사들을 통해 기재될 것이니 속 깊은 이야길 말할 수는 없을 것이다.

현수는 뇌리를 스치는 카이로시아의 아름다운 모습을 기꺼운 마음으로 되새겼다.

"그러고 보니 카이로시아를 본 지 꽤 되었네. 오늘 밤이라도 한번 가봐야 하나? 가는 길에 빌모아 일족을 찾아야 하는데 그러려면 맥주도 필요하군."

슬쩍 팔목에 마나를 모아보니 전능의 팔찌가 보인다. 모든 마나석의 색깔이 너무 생생하다. 차원 이동한 후 마나를 모으지 않았음에도 이렇다.

"흐음, 뭔가 이유가 있을 텐데. 그게 뭐지?"

현수는 아직 골드 드래곤 켈레모라니가 선물로 준 비늘의 효능을 모르기에 고개를 갸웃거렸다.

"뭐, 나로선 나쁘진 않지. 결계 치고 그 안에 들어가 마나 모으는 일은 지겨웠으니까."

나직이 중얼거리곤 통신문을 내려놓았다.

CHAPTER 10
맥주 20만 캔

"아! 백작님, 다 보셨습니까?"

"그래. 다 보았으니 폐기해도 되네. 아까 사용한 찻잔은 방문 기념 선물이네."

"아! 고맙습니다. 정말 고맙습니다."

"그리고 통신문을 기재한 게 너무 조악하더군. 하여 종이를 좀 꺼내놓았네. 유용하게 쓰도록 하게."

말을 마친 현수는 이레나 상단을 나섰다. 그리곤 용병지부 쪽으로 걸음을 옮겼다.

같은 순간, 커피잔을 챙기러 접견실로 들어간 월리엄의

입은 딱 벌어져 있다. 현수가 꺼내놓은 A4용지 10박스 때문이다.

1박스당 500장짜리 5묶음이 있으니 25,000장이다.

아르센 대륙엔 존재하지 않는 꼭 같은 규격의 희디흰 백상지이다. 왕실에 공급한다면 장당 1실버까지는 받을 수 있을 것이다. 25,000실버는 250골드에 해당한다.

한국으로 치면 2억 5천만 원이다. 값비싼 커피잔 3개 이외에도 이걸 공짜로 선물 받았으니 입이 벌어진 것이다.

"역시 카이로시아 영애님이시군."

윌리엄은 아름다운 카이로시아를 떠올리고는 고개를 끄덕였다. 짝을 제대로 만났다는 생각을 한 것이다.

한편, 현수는 여관의 문을 열고 들어섰다.

더운물로 목욕하고 싶다는 생각을 한 때문이다.

삐이꺽―!

"어서 옵쇼! 저희 여관으로 말씀드릴 것 같으면……."

여기도 미판테 왕국의 여관과 별반 다르지 않다. 아직 나이 어린 꼬맹이가 완전히 숙달된 접대 멘트를 날린다.

하지만 현수는 소년의 말에 귀 기울이지 않았다. 안쪽에서 누군가 손을 번쩍 들었기 때문이다.

"어이, 친구! 여기야."

라세안이다.

"언제 온 거야?"

"조금 전에……! 방 두 개 잡았어. 뜨거운 물도 준비하라고 했고. 음식도 주문했네."

"잘했어. 그나저나 내가 이리로 올 줄 어떻게 알았어?"

"우리가 하루 이틀 같이 다녔나? 이젠 척 보면 안다네."

"하아, 이거 참……! 아무튼 잘했네."

"아무튼 앉게 음식이 곧 나올 테니."

"그러지. 참, 여기서 수도인 멀린으로 가려면 산맥을 지나 쳐야 한다는데 그냥은 못 간다며?"

"아! 그거? 나이젤 산맥이라는 건데 거기 드래곤 레어가 있어. 근처를 지나면서 시끄럽게 굴면 가끔 난리를 쳤나 봐."

"나이젤 산맥?"

"그래, 예전엔 아주 성질 고약한 광룡이 살았지. 자네 스승 인 멀린의 손에 목숨을 잃은 놈 말이야."

"아! 그래? 그럼 그 광룡의 후손인가?"

"아니! 아니야. 전혀 관련 없어. 하지만 저기 사는 드래곤 도 하는 행동이나 성격이 보통은 아니지."

"그래? 아무튼 저길 거쳐 가야 하는데 어떻게 하지?"

"어떻게 하긴 그냥 가면 되지. 자네와 난 괜찮을 것이네."

어찌 무슨 뜻인지 모르겠는가! 같은 드래곤끼리도 가급적 이면 레드는 건드리지 않는다. 성격이 난폭하거나 급하거나 둘 중 하나인 데다가 폭력성이 강하기 때문이다.

라이세뮤리안은 분명 레드이다. 따라서 나이젤 산맥에 사는 드래곤의 색깔이 무엇인지 모르지만 건드리진 않을 것이다.

그게 이익이기 때문이다. 하지만 아는 척하지 않았다.

"그럼 다행이고."

현수의 말이 떨어지기 무섭게 탁자 위에 김이 모락모락 나는 음식들이 놓인다. 어느새 꼬맹이가 다가온 것이다.

"손님들! 맛있게 드십쇼."

"오냐! 수고했다. 이건 팁이다."

꼬맹이는 현수가 준 1실버를 받고는 허리를 직각으로 꺾는다. 근래 받은 팁 가운데 최고액이기 때문이다.

"헐……! 뭐든 더 필요한 게 있으면 말씀만 하십시오. 이 한 몸이 부서지는 한이 있더라도 성심으로 모시겠습니다."

현수는 피식 실소 지었다. 꼬맹이가 닳고 닳은 모습을 보이곤 있지만 바탕은 순수하다는 것을 눈치챈 때문이다.

"그래, 알았다. 목욕물이나 잘 준비해 줘."

"네에, 손님!"

현수는 어느새 C급 용병 차림인지라 꼬맹이는 크게 어려워하지 않는다. 식사를 마치곤 곧장 객실로 향했다. 그리곤 홀홀 벗고 뜨거운 물에 몸을 담갔다.

"흐으음, 좋군! 하지만 사우나는 한국이 훨씬 낫네."

식는 물을 적당히 데우느라 계속 마법을 시전하던 현수가 중얼거린 말이다. 목욕을 마친 시각은 오후 6시 경이다.

"나 어딜 좀 다녀오겠네. 자넨 이곳 상황 좀 알아봐 주겠나?"

"어딜 가려는데?"

"응, 점찍은 거 잘 있나 보러 가려 하네."

"아! 그거……."

라세안이 싱긋 웃음 짓는다. 이제 조금 있으면 저녁 식사를 할 시간이다. 그리고 식사가 마쳐질 즈음이면 어두워진다.

밤에 이루어지는 많은 일이 있지만 그중 하나가 연인들끼리 마음을 확인하는 일이다. 물론 말로 하는 커플도 있지만 몸으로 대화하는 부류도 있다.

라세안은 현수가 케이트를 접수하러 가려는 것으로 생각했다. 그렇기에 음흉한 웃음을 짓는다.

"잘하고 오게. 나는 이쪽 상황을 알아볼 테니. 그나저나 언제 올 건가? 내일 아침? 아님 점심?"

"최대한 빨리 올 거야. 그러니 느긋하게 기다려 줘."

"알았어. 잘 갔다 와. 그리고 천천히 와도 되네. 크흐흐흐!"

라세안의 음흉한 웃음을 뒤로하고 현수는 여관을 빠져나왔다. 그리곤 적당한 장소를 찾아 좌표를 확인했다.

"일단 맥주 먼저 챙겨야지? 마나여, 나를 지구로 데려다 다오. 트랜스퍼 디멘션!"

샤르르르르릉—!

현수의 신형이 연기처럼 흩어진다.

＊　　　＊　　　＊

"흐음, 여긴……!"

확인해 보니 알렉세이 이바노비치가 선물한 모스크바 저택의 지붕이다. 시각은 새벽 6시가 조금 넘은 듯하다.

현수는 옷을 갈아입고 천천히 걸어 침실로 내려갔다. 거기엔 천사 같은 모습으로 잠들어 있는 이리냐가 있다.

조심스레 앉는다고 했지만 기척을 느꼈는지 이리냐의 눈이 떠진다. 그러더니 일어나려 한다.

그러지 말라고 슬쩍 누르니 힘을 뺀다.

"나 때문에 일어난 거야?"

"후아암! 네에, 근데 벌써 일어나셨어요? 옷은 언제 입으셨대요? 어디 가려고요?"

"조금 더 자. 난 시장엘 좀 다녀올게."

"시장에요? 거긴 왜요? 뭐 필요한 거 있어요? 말씀만 하시면 제가 사다 놓을게요."

"아냐! 괜찮아. 조금 더 자! 시장은 내가 갔다 올 테니."

"후암! 그래요, 그럼."

선잠이 깨어 그런지 이리냐는 순순히 자리에 눕는다.

저택 밖으로 나온 현수는 택시를 잡아탔다. 그리곤 모스크바의 중심지로 향했다.

기왕에 온 것이니 충분히 둘러보자는 생각에 이곳저곳을 기웃거렸다. 누가 봐도 관광객 티가 났는지 호객 행위를 하는 상인도 있었다.

싱긋 웃어주고는 계속해서 윈도쇼핑을 했다. 아는 만큼 보인다더니 정말 그랬다. 그래서 웃었다.

현수는 계속해서 안목을 넓혀갔다.

그 과정에서 깨우친 바가 하나 있다. 대우그룹을 만든 김우중 회장의 말처럼 세상은 넓고, 할 일은 많은 듯하다.

자그마한 카페에서 토스트와 커피로 간단히 요기를 하곤 계속해서 여기저기를 기웃거렸다.

오전 9시가 되었을 때 지르코프에게 전화를 걸었다. 너무 일찍 전화를 걸면 실례될까 싶어 기다린 것이다.

지르코프는 반가운 음색이다.

하여 전에 부탁했던 맥주가 어떻게 되었냐고 물으니 조만간 콩고민주공화국 마타디 항에 당도할 것이라고 한다.

다음엔 클럽 메트로의 대표 세르게이 블라디미르의 명함을 찾아 전화를 걸었다. 그리곤 러시아의 대표 맥주가 무엇이냐 물으니 발찌까(Балтика)라고 한다.

북유럽 맥주사인 칼스버그 소유로 러시아 제2의 도시 상트 페테르부르크에 제조공장이 있다.

발찌까엔 여러 종류가 있는데 그중 4번 호밀맥주를 권한다. 이게 가장 많이 팔리는 것이라 한다. 그러면서 나머지도 괜찮다고 한다.

참고로 발찌까 맥주는 No.0~No.9까지 있다.

번호가 높을수록 알콜도수가 높은 것이며, 0은 무알콜이다.

러시아에선 No.4가 가장 많이 팔리지만 한국에선 No.7이 가장 잘 알려져 있다. 수출용으로 제조되었기 때문이다.

아무튼 많은 양이 필요하다고 하니 맥주 도매상의 위치와 전화번호, 그리고 담당자를 알려준다.

전화를 끊고 곧장 그곳으로 향했다. 도착하니 전갈을 받았다면서 기다리는 사람이 있었다.

"어서 오십시오. 한국에서 오신 미스트르 킴이시죠?"

"그렇습니다. 로만 씨죠? 미스터 세르게이의 연락을 받으셨나 봅니다."

"네! 근데 우리말 참 잘하시네요. 동양인 같은데……?"

말끝을 흐린다. 국적이 궁금하다는 뜻이다.

"저는 한국인입니다."

"아! 그렇습니까? 반갑습니다. 로만 아킨페프라 합니다."

"네, 저는 김현수라 하지요."

가볍게 악수를 하고 나니 로만이 웃는다.

"블라디미르 사장님께서 잘 모시라고 신신당부했습니다. 뭐가 필요하십니까?"

"발찌까 캔맥주를 좀 많이 사려는데 있죠?"

현수의 러시아어에 놀란 듯 눈을 크게 뜬다. 하긴 내국인과 같은 수준인데 어찌 놀라지 않겠는가!

"물론입니다."

"많이 사면 싸게 줍니까?"

현수가 부러 웃음을 짓자 로만 역시 웃는다.

"하하, 물론입니다. 근데 얼마나 많이 사려 하십니까?"

로만은 구매하려는 양이 대체 얼마나 되기에 이런 소리를 하는 건지 두고 보자는 표정이다.

"이 점포에 발찌까가 얼마나 있는지 모르겠지만 전부 산다면 얼마에 주겠습니까?"

"네? 전부요? 얼마나 있는지도 모르면서 다 산다고요?"

로만은 말도 안 된다는 표정을 짓는다. 이런 거래는 해본 적이 없기 때문이다.

"네. 있는 대로 다 사겠습니다. 참, 무알콜인 0번은 빼고요. 얼마나 있죠? 가격은요?"

"헐……! 정말입니까?"

"정말입니다. 얼마나 있습니까?"

"정말 있는 거 다 산다고 했습니까?"

로만은 여전히 믿을 수 없다는 표정이다.

"네, 대체 얼마나 많기에 그러죠?"

"흐음, 따라와 보십시오."

백문이 불여일견이라 생각했는지 가게 안쪽으로 데리고 들어간다. 어두운 통로를 따라 안으로 들어가니 생철 지붕을 얹은 창고 비슷한 건물들이 보인다.

삐이꺽—!

녹슨 경첩이 몸살을 앓는 소리를 내며 문이 열린다.

안쪽엔 발찌까가 쌓여 있다. 상당히 많은 양이다.

"이렇게 많은데도 다 산다는 겁니까?"

로만은 많은 양에 질려 쉽게 대답하지 못할 것이라 생각했지만 현수는 태연했다.

"조금 되는군요. 모두 몇 캔이나 되죠?"

"흐음, 장부를 보면……."

로만은 창고 안쪽에 있던 장부를 펼쳐 이것저것을 살핀다. 그리곤 입을 열었다.

"다해서 20만 4,000캔쯤 됩니다. 병당 출고가가 75센트쯤 되지만 진짜로 다 산다면 60센트에 넘기겠습니다."

그만한 돈이 있느냐는 표정으로 바라본다.

모스크바 최고의 클럽이라 불리는 메트로에서도 이만한

양을 한 번에 구매하지는 않는다.

그만큼 소모되지도 않지만 그럴 이유도 없기 때문이다. 그렇기에 그냥 해본 말이다. 그런데 이번엔 상대를 잘못 골랐다.

현수는 머릿속으로 암산해 보았다.

60센트씩 20만 4,000캔이면 12만 2,400달러이다. 한화로 환산하면 약 1억 3,150만 원이다.

누가 아침 댓바람부터 맥주를 그만큼 사러 오겠는가!

모스크바에서 주점을 운영하는 동양인이 없는 것은 아니다. 대략 10여 명이 있다. 하지만 그들은 발찌까를 팔지 않는다.

지나에서 들여온 청도, 하얼빈, 연경, 창장 맥주 등만 취급한다. 주인도 손님도 전부가 지나인들이기 때문이다.

따라서 현수는 지나인이 아닐 것이다.

그리고 관광객도 아닌 듯싶다. 그렇지 않고야 이처럼 많은 맥주가 필요하진 않기 때문이다.

로만이 이런 생각을 하고 있을 때 현수는 대한민국의 맥주 값과 비교하고 있었다.

한국의 경우 맥주 공장도가를 100이라 하면 우선 72%의 주세가 매겨진다. 여기에 추가로 교육세 30%가 붙는다.

결과적으로 총 93.6%의 세금이 부과되는 것이다.

그런데 공장도 가격과 세금을 합한 금액에 다시 부가세가 적용된다. 이를 계산해 보면 다음과 같다.

(100+100 0.72+100 0.72 0.3) 1.1=212.96

출고가에 대비 112.96%의 세금이 부과된다는 뜻이다.

여기에 유통 과정 이윤이 추가로 붙는다.

한국 맥주는 맛없기로 유명하다. 심지어 북한에서 생산되는 대동강 맥주보다도 맛이 없다는 평가이다. 이는 영국의 경제주간지 이코노미스트가 2012년 11월에 보도한 내용이다.

그런데 맥주에 매겨진 세금은 왕창이다.

이에 반하여 외국 맥주는 맛도 있으면서 값도 싸다.

심지어 후진국인 콩고민주공화국이나 르완다에서 생산되는 맥주도 한국산보다는 월등히 맛이 좋다.

발찌까는 한국산보다 훨씬 풍미가 좋다는 평가를 받는다.

그리고 값도 상당히 저렴하다. 참고로 발찌까는 $500ml$짜리 캔이 1,500원 미만에 팔린다. 1.40달러 미만이다. 반면 한국산은 2,200원 정도에 팔린다. 미화로 2.05달러 정도 된다.

붙어 있는 세금 차이가 엄청나기 때문일 것이다. 그렇기에 더 생각할 것 없다는 표정을 지었다.

"좋습니다. 모두 사죠."

말을 마친 현수는 들고 있던 가방에서 돈을 꺼냈다.

이를 지켜보는 로만의 눈이 왕방울만 해진다. 100달러짜리 지폐가 수북했기 때문이다.

맥주 20여 만 캔을 팔려면 얼마나 노력을 해야 하겠는가!

그런데 너무도 간단히 팔아치우게 되었으니 놀란 것이다.

"선금으로 반을 드리죠. 나머진 받는 대로 지급하겠습니다."

얼떨결에 6만 1,200달러를 받은 로만은 멍한 표정이다.

"자, 이젠 저 맥주들을 가져다주십시오. 이것들은……."

현수가 배송을 요구한 장소는 저택 인근 공터이다. 주변에 숲이 있어 사람들의 이목이 미치기 힘든 곳이다.

"어, 언제 가져다주면 되겠습니까?"

"지금 바로 가져다주십시오. 가능하죠?"

"그, 그럼요! 최대한 빨리 가져다드리죠."

"네, 파레트는 나중에 회수해 가십시오."

"그러지요."

로만은 흔쾌히 고개를 끄덕이고는 진화기를 붙잡는다. 이제부터 인근에 모든 화물차를 동원해야 하기 때문이다.

물론 지게차도 필요할 것이다.

그건 마당에 있는 걸 실어가면 될 것이다. 그렇지 않으면 온종일 하역작업을 해야 하기 때문이다.

주류도매점을 떠난 현수는 곧장 저택으로 향했다.

"다녀오셨어요?"

"그래! 잘 잤어?"

"그럼요."

이리냐는 샤워를 마치고 화장까지 마친 상태이다. 당연히 매우 아름다워 보인다. 가볍게 포옹해 주고 이마에 뽀뽀도 해 주었다. 이제 이 정도는 당연한 일이 된 것이다.

"식사는요?"

"음, 다니면서 뭘 좀 사 먹었어. 오늘은 뭐할 거야?"

"새 아빠가 엄마 데리고 나가서 쇼핑 좀 하래요. 그래서 오늘도 외출하려 해요."

"그래? 그럼 나는 나대로 일 좀 볼게."

"네, 그러세요. 남자들은 쇼핑하는 거 질색한다는 거 알아요. 그러니 편한 대로 하세요."

"그래! 여기 일 다 보면 곧장 킨샤사로 가야 하니 그런 줄 알고 있어."

"그럼요. 그렇게 할게요."

현수는 이리냐와 차 한 잔을 마시곤 서재에 들어가 시간을 보냈다. 주문하려는 러시아 군화 사이즈를 정리한 것이다.

문서 작성을 마치곤 다시 지르코프와 통화를 했다. 그리곤 최단 시일 내의 납품을 당부했다.

물론 흔쾌한 답변을 들었다.

일련의 작업을 마치고 나가보니 저택 인근 공터에 맥주들이 적재되어 있었다. 현수는 로만이 보낸 사내에게 잔금을 지급했다. 그리곤 그들 모두가 떠나자 맥주를 아공간에 담았다.

"흐음, 이제 조금 준비가 되었군."

현수는 차원 이동 마법으로 다시 아르센으로 향했다.

"마나여, 나를 아르센으로……. 트렌스퍼 디멘션!"

샤르르르르릉—!

*　　　*　　　*

"오, 하인스! 어서 오시게."

빌모아 일족의 족장 나이즐 빌모아는 현수를 격하게 반겨준다.

"하하, 네에. 여전하시죠?"

"그럼, 그럼! 우린 잘 지내고 있네."

"작업은 많이 하셨습니까?"

"금괴는 30톤, 처음에 준 무구들은 거의 다 손을 봤네."

"네에? 그 많은 걸 벌써 다 손보셨단 말씀이십니까?"

"그래, 자네가 맡긴 일이니 최우선적으로 그것부터 하였네. 우리 빌모아 일족 전부가 달라붙어 작업을 하니 금방 되더군."

"정말 애쓰셨습니다. 감사합니다."

생각보다 훨씬 작업량이 많은 듯하여 현수는 놀랍다는 표정을 지었다.

"자네가 의뢰한 일이라 신경을 많이 썼네. 이건 모두 내 공일세."

족장이 익살스러운 표정을 지었기에 현수는 환히 웃었다.

"그럼요! 그래서 더 맛있는 맥주를 준비해 왔습니다."

"오오! 그래? 그거 듣던 중 반가운 소리이네."

"네에, 일단 창고로 가시지요."

"그래, 그래야지."

현수가 당도한 순간부터 빌모아 일족의 시선은 집중되어 있었다. 언제 얼마만큼 많은 맥주를 꺼내 놓는지가 초미의 관심사이기 때문이다.

창고에 당도한 현수는 발찌까들을 꺼내 놓기 시작했다. 꺼내는 건 쉬운데 쌓는 게 번거로웠다. 하지만 금방 해결되었다.

빌모아 일족 청년들이 우르르 달려들어 재빠르게 운반하기 시작한 때문이다. 일종의 컨베이어 벨트 역할을 한 것이다.

20만 캔 모두가 창고 속으로 들어가는 데 걸린 시간은 불과 두어 시간이다.

현수는 창고 내부의 온도가 4℃를 유지하는지를 확인했다.

이 온도의 맥주가 가장 맛있다고 하기 때문이다.

빌모아 일족은 무지막지한 양의 맥주에 한껏 고무된 표정들이다. 당분간은 원하는 대로 마셔도 될 것이라는 족장의 발표가 있었기 때문이다.

하여 곧바로 잔치가 벌어질 분위기였다. 하지만 남은 일이 있기에 연회는 뒤로 미뤄졌다.

현수는 금괴가 쌓여 있는 창고에서 이것들을 아공간에 담았다. 다음엔 유카리안 영지에서 가져왔던 무구들도 담았다.

족장의 말에 의하면 너무 조악하여 대부분 용광로에 넣어 녹였다고 한다.

그리곤 아예 새로 만들었다면서 품질을 자랑했다. 한눈에 보기에도 전과 확연히 다르기에 현수는 기분이 좋았다.

하여 구운 아몬드, 땅콩, 호두, 건포도 등을 꺼내 주었다. 뿐만 아니라 양파링과 감자 칩도 수십 박스 꺼냈다.

맥주에 적합한 안주를 꺼내 놓은 것이다.

당연히 족장 등의 눈이 휘둥그레진다. 맥주만으로도 만족하는데 곁들일 안주까지 있으니 왜 안 좋겠는가!

바야흐로 드워프에게도 안주라는 개념이 생기는 순간이다.

현수가 빌모아 일족과 헤어진 것은 느지막한 밤이다. 흥청망청하는 주회가 벌어졌기 때문이다.

"휴우! 진짜 주량들 세군. 키는 작은데 그 많은 술이 어디로 들어가나 몰라. 어쩜 그렇게 많이 마시지?"

드워프들의 쏟아붓기식 주법에 질린 현수이기에 고개를
절레절레 흔들었다.

그리곤 테세린 성 첨탑의 좌표를 확인했다.

"좋아, 오랜만에 카이로시아를 볼까? 텔레포트!"

샤르르르르룽—!

현수의 신경이 허공 속으로 꺼져 들었다.

*   *   *

"야심한 시각에 누구냐?"

"흐음, 목소리를 들어보니 발루네군."

"어라! 거기 계신 분은 누군데 저를 아십니까?"

가까이 다가가지 않으면 얼굴을 식별할 수 없을 정도로 어
둡다. 하여 이레나 상단 수문위병인 발루네는 횃불을 앞으로
내밀었다. 누가 장난치나 싶었나 보다.

장난기 많은 현수가 어찌 그냥 넘어가겠는가!

홀쩍 다가가 얼굴을 드러내며 환히 웃는다.

"날세. 하인스! 카이로시아를 노리던 불나방."

"네에? 헉……! 배, 백작님! 백작님께서 어떻게 이 야심한
시각에……? 아, 안녕하십니까? 어서 오십시오."

발루네의 허리가 직각으로 꺾인다.

"하하, 요즘은 불나방들이 하루에 몇 마리씩 날아오는가?"

"네? 아, 네에. 요즘도 하루에 최소 30마리씩은 옵니다만 걱정 마십시오. 제 선에서 전부 싹을 자르고 있습니다."

"그래? 그렇다면 전부 평민들만 온다는 소린가? 귀족들은 없나 보지? 우리 카이로시아가 그렇게 인기가 없었나?"

"네? 그, 그게……. 사실 귀족님들은 제가 어찌할 수 없기에……. 죄송합니다. 앞으론 확실하게 하겠습니다."

발루네의 허리가 또 한 번 접힌다.

"귀족들을 자네가 어떻게? 목숨이라도 걸 건가?"

"네? 그, 그럼요. 백작님의 명이시니 그러라면 그래야지요."

진짜로 그럴 생각인지 낯빛이 변한다. 앞으로 다가올 상황을 생각만 해도 끔찍하기 때문이다.

"하하! 되었네. 농담이네. 그나저나 카이로시아는 안에 있나?"

"그럼요. 지부장님 안에 계십니다. 제가 모실까요?"

"아닐세. 이곳 지리를 모르는 것도 아니니 내가 가지."

"네, 그럼 살펴 가십시오."

"그래, 그리고 이건 불나방 제거 비용이네. 얀센네 가게 가서 한잔하게."

"아이고, 뭘 이런 걸 다……! 헉! 이, 이건……!

현수가 건넨 것은 1골드짜리 금화이다. 당연히 발루네의 눈이 커진다. 월급보다도 훨씬 많기 때문이다.

그러는 사이에 현수의 신형은 어둠 속으로 사라졌다.

"감사합니다. 백작님! 지부장님은 제가 잘 지키겠습니다."

어둠 속의 현수더러 들으라 하는 말이다.

"고맙네. 자네만 믿겠네."

현수의 대답을 들은 발루네는 정중히 허리를 꺾었다.

고위 귀족임에도 늘 소탈하고 아랫사람을 생각해 주는 마음이 깊기에 저도 모르게 숙여지는 고개와 허리이다.

본관 건물로 들어가려는 데 또 누군가가 나선다.

"멈추시오! 이곳부터는 용무가 확인되지 않으면 출입할 수 없습니다."

"그러는 자네는 누군가?"

"본인은 A급 용병 루토라 하오. 신분을 밝히십시오."

어둡기는 본관 역시 마찬가지인지라 상대가 긴장하는 기색이 역력하다. 여차하면 칼을 뽑을 기세이다. 이때 안쪽으로부터 누군가가 나서는데 횃불을 들고 나온다.

그러자 삽시간에 어둠이 밀려나고 현수의 얼굴이 드러난다.

"아! B급 용병 토마스군. 잘 있었는가?"

"앗! 백작님. 백작님께서 이 시간에 어떻게 여길……?"

현수의 말에 먼저 반응한 것은 루토였다.

"헐……! 백작님께 인사드립니다. 그간 강녕하셨는지요?"

"둘 다 오랜만이네. 별일 없지?"

"그, 그럼요. 어서 오십시오."

대답은 토마스가 했다. 일찍이 유카리안 영지를 찾았을 때 고용했던 용병이다. 그때 몇 수를 알려주어 실력이 늘었다. 하여 현수에게 지극한 호감을 가진 자이다.

"참! 루토, 자네 이야긴 전에 들었네. 내일 날이 밝으면 수련장에서 보세. 토마스도 같이 오고."

"헉……! 저, 정말이십니까? 가, 감사합니다. 백작님!"

루토의 허리가 직각으로 꺾인다. 소드 익스퍼트 최상급인 현수로부터 지도를 받으면 검술의 진전을 이룰 수 있기 때문이다.

둘을 뒤로하고 실내로 들어가니 곳곳에 마법등이 밝혀져 있다. 돈 많은 상단답다.

"흐음! 조금 놀래켜 줄까?"

현수는 살금살금 걸어 카이로시아의 집무실로 들어갔다. 원래는 시비들이 있어야 하나 밤이 깊은 관계로 모두 잠자러 간 모양이다.

삐이꺽―!

"쳇, 기름 좀 쳐야겠군."

나지막한 마찰음에 현수는 아공간에 있던 재봉틀 기름을

꺼내 경첩 부위에 몇 방울 떨궜다.

몇 초 후, 슬쩍 여닫아 보니 소음이 확실히 줄어들어 있다.

문을 닫고 안으로 들어가니 카이로시아가 사용하는 침실로부터 불빛이 새어 나온다. 살짝 문을 여니 책상 앞에 앉은 카이로시아의 뒷모습이 보인다.

뭔가를 작성하는 듯한 모습이다. 그런데 혼자서 중얼거리고 있다.

CHAPTER 11
이게 모두 드워프제 무구라고요?

전능의팔찌

THE OMNIPOTENT
BRACELET

"사랑하는 백작님께… 어휴, 아냐! 너무 남세스러. 그럼 보고 싶은 백작님께? 흐음, 이건 너무 의례적이고……. 그럼, 사랑하는 자기야에게? 히히, 이건 너무 그렇다. 그럼 뭐라고 하지?'

조용히 다가간 현수는 희미한 웃음을 지었다. 지금 카이로시아가 무엇을 하는지 알았기 때문이다.

"사랑하는 자기야에게. 너무 보고 싶어요. 제가 보낸 전언통신문을 받았으면서 왜 답장 안 해줘요? 카이로시아는 자기야를 생각하는 마음 때문에 속이 다 탔어요. 보고 싶어요. 와서 저를 꼭 안아주세요.”

말을 하면서 또박또박 글을 쓰는 모습이 너무 사랑스럽다. 하여 뒤에서 와락 안아주려다 멈췄다.

너무 놀라면 심장에 좋지 않기 때문이다.

현수는 살그머니 물러났다. 그리곤 조용히 노크를 했다.

똑, 똑, 똑!

“누구……? 누구니? 무슨 일 있어?”

똑, 똑, 똑!

현수는 대답 대신 또 노크를 했다.

그러면서 아공간에 담겨 있던 꽃다발을 꺼내 들었다. 연인들에게 선물하라고 포장해 놓은 장미꽃 100송이 다발이다.

이것만으론 부족하다 여겨 잘 포장된 초콜릿 상자까지 꺼내 들었다.

“누구야? 들어와도 돼! 들어와도 된다니까.”

시녀가 온 것으로 아는 모양이다.

“카이로시아!”

“……? 아아, 백작니임!”

우당탕탕! 와장창, 쨍그랑!

사내의 음성에 등을 돌렸던 카이로시아의 눈이 커지는가 싶더니 이내 습막이 동공을 덮는다. 그리곤 벌떡 일어나 달려든다.

이 때문에 탁자 위의 여러 가지가 바닥에 떨어져 소리를 냈다.

하지만 카이로시아는 그런 것에 신경 쓰지 않고 곧장 현수의 품으로 파고들었다.

"자기야!"

와락 품에 안겨드는 카이로시아의 교구를 받아 안은 현수는 그 뭉클한 촉감에 잠시 아찔함을 느꼈다.

"로시아!"

"네, 백작님! 흐흑, 사랑해요. 정말 정말 사랑해요. 흐흑!"

"……!"

"백작님, 너무너무 보고 싶었어요. 흐흑! 아아아앙!"

현수는 격하게 오열하는 카이로시아를 가만히 보듬어 안았다. 현재로선 그게 최상의 위안이기 때문이다.

"흐흑! 흐흐흑……!"

카이로시아의 오열이 나직한 흐느낌으로 변해간다. 그러다 점차 움직임이 줄어든다 느낀 현수는 살그머니 몸을 떼어냈다.

"로시아! 늦게 와서 미안해. 자, 이건 내 선물!"

로시아는 현수가 내민 장미꽃 다발을 받아 들었다.

"이건……! 흐으음, 향기로워요."

그윽한 장미향을 맡은 카이로시아는 행복하다는 표정을

짓는다.

"그리고 이것도……!"

"이건 뭐예요?"

"먹어봐, 맛있는 거야."

"어머, 정말요? 고마워요."

카이로시아의 얼굴에 비로소 미소가 어린다.

"거봐, 로시아는 웃는 얼굴이 예뻐. 뭐해? 어서 먹어봐."

"네? 아, 네에."

포장된 상자는 열었지만 담겨 있는 초콜릿의 껍질까지 벗기는 것은 모르는 모양이다. 그냥 껍질째 입에 넣으려 한다.

"아, 아냐. 그렇게 먹는 게……. 줘봐, 내가 까줄게."

"네? 아, 네에."

노란 금박 껍질을 벗기자 진한 초콜릿색이 드러난다. 식감엔 별로 좋은 색깔이 아니다. 그래서 그런지 잠시 로시아의 눈빛이 흔들린다. 혹시 못 먹을 거로 장난치는 것은 아닌가 싶은 모양이다.

그러거나 말거나 껍질 벗긴 초콜릿을 로시아의 입에 넣어주었다.

"……!"

"어때, 맛있지?"

"네? 아, 네에. 마시써요. 네에, 증말 마시쩌요."

로시아는 부지런히 초콜릿을 씹어 삼켰다. 그래서 발음이 어눌해졌다. 그리고 그 모습과 표정은 너무도 귀여웠다.

"이리 와!"

현수는 카이로시아를 와락 잡아당겨 안았다. 그리곤 이마에 뜨거운 입맞춤을 해줬다.

"로시아! 사랑해."

"네, 저도요."

카이로시아는 들고 있던 장미 꽃다발을 살그머니 곁의 탁자 위에 내려놓았다. 초콜릿 상자는 소파 위로 던졌다.

그리곤 두 팔로 현수의 탄탄한 동체를 와락 안았다.

잠시 후, 정열적인 입맞춤이 시작되었다. 달콤한 초콜릿이 있었기에 달콤을 넘어 감미롭기까지 했다.

"로시아, 어떻게 되었다고?"

길고 정열적인 키스 이후 나란히 앉은 둘은 그간 있었던 이야기를 했다. 물론 로시아가 이야기하고 현수가 듣는 입장이다.

엘리터 습격 사건 이후 테세린 영지는 대체 누가 여왕 엘리터의 내단을 우물에 넣었는지에 대한 조사를 했다.

단서는 내단을 묶은 질긴 섬유였다.

그것은 유카리안 영지와 테세린 영지 사이를 흐르는 야호

니강 저편에서만 서식하는 아마과(亞麻科 Linaceae) 식물의 섬유였다.

결론은 범인이 유카리안 영지 사람이라는 것이다.

테세린의 영주 로니안 자작은 모든 역량을 발휘하여 상대 진영에 대한 조사를 했다.

유카리안 영지엔 기사 20명과 병사 1,000명이 있다. 이밖에 17세 이하 기사 예정자가 20명, 병사 1,000명이 있다. 물론 17세 이하 병력은 즉시 전력감은 못 된다. 이제 겨우 12살짜리도 포함되어 있기 때문이다. 그래서인지 대대적인 용병 모집에 들어갔다.

이밖에도 추가로 병사를 뽑으려는 움직임을 보인다고 한다.

한편, 테세린 영지는 기사가 10명, 병사 700명이 있다. 이밖에 감춰둔 병력으로 기사 10명, 병사 1,000명이 있다.

이들은 영주성 깊숙한 곳에 마련된 비밀 훈련장에서 훈련 중이다.

당장 영지전을 선포하고 맞붙어도 결코 지지 않을 군세이다.

저쪽은 기사 10, 병사 1,000이고, 이쪽은 기사 20, 병사 1,700이기 때문이다. 하지만 함부로 달려들 수는 없다.

유카리안 영지 뒤쪽에서 호시탐탐 기회를 노리는 케일론 영지의 칼멘 후작 때문이다. 기사만 120명, 병사 12,000명을 거느리고 있다. 도저히 감당할 수 없는 거물이다.

그에게 있어 유카리안의 드넓은 곡창지대와 두 개의 구리 광산, 그리고 철광 하나와 최근 발견된 마나석 광산은 아주 맛있어 보일 것이다.

뿐만 아니라 수많은 문물이 오가는 테세린의 항구도 탐날 것이다. 여기서 나오는 세금이 어마어마하기 때문이다.

그러니 둘이 상잔하면 보나마나 공격할 것이다.

평판으로 미루어 짐작건대 그 확률은 거의 1이다. 수학적으로 표현하자면 반드시 일어난다는 뜻이다.

아무튼 테세린 영지의 비밀 훈련장에서는 맹훈련이 진행 중이다.

그리고 이레나 상단과 유카리안 영지와의 일도 매듭지어지지 않았다. 로시아의 오빠인 일루신 에델만 드 로이어로부터 받은 15,000골드는 반환해 줄 수 없다고 한다. 물론 마나석 광산의 채굴권 역시 단 1%도 양도해 줄 수 없다고 했다.

괘씸하기 이를 데 없는 반응이다.

이레나 상단으로서는 없고 화가 났지만 어쩌겠는가!

타국에 근거지를 둔 상단이 고위 귀족을 상대로 공격할 수는 없기 때문이다.

모든 이야기를 들은 현수는 어금니를 슬쩍 깨물었다.

이토록 아름다운 여인의 마음을 아프게 한 데니스 백작을 도저히 용서할 수 없기 때문이다.

"자기야, 이제 자요. 여기 이거 보이시죠?"

카이로시아는 손을 내밀어 반지를 보여준다. 언제든 품에 안겨 잘 수 있다는 증표로 준 바로 그것이다.

"그래, 그래!"

잠시 후, 현수는 품에 안긴 카이로시아의 부드러운 머리를 쓰다듬으며 나직한 음성으로 노래를 부른다.

잘 자요! 나의 천사.
앞뜰과 뒷동산에 새들도 아가 양도 다들 잠자는데
달님은 영창으로 은구슬 금구슬을 보내주는 이 한밤.
잘 자요! 나의 여인. 당신을 사랑하오…….

볼프강 아마데우스 모짜르트의 자장가를 개사한 이 나지막한 노래를 들으며 카이로시아는 심연과도 같은 깊은 잠에 빠져든다.

꿈에서도 감미로우면서 부드러운 음색을 즐기는 듯 입술을 비쭉이기도 하며 현수의 품을 파고들었다.

언제나 그러했듯 가만히 보듬고 가만히 쓰다듬어 주었다. 그런 현수의 뇌리엔 내일 있을 일들이 스친다.

쩍, 쩍, 쩍!

창가를 찾아온 이름 모를 새들의 지저귀는 소리에 눈을 뜬 카이로시아는 기지개를 켜려다 움직임을 멈춘다.

그리곤 황급히 주위를 살폈다. 그러더니 이내 시무룩해진다.

어젯밤 너무도 사랑하는 님을 만나 무척이나 행복했는데 그게 꿈이라 생각되었기 때문이다.

"쳇……! 좀 빨리 오시면 안 되나? 이렇게 보고 싶은데."

어린아이 투정부리듯 고개를 좌우로 흔들며 입술을 삐죽이던 카이로시아는 두 팔로 무릎을 감싸 안고는 고개를 숙인다.

그 짧은 순간에 한 방울 눈물이 이불에 떨어진다.

보고 싶은 사람을 보지 못해 우울증이 생겼는지 요즘 툭하면 눈물이 나는 것이다.

"치잉! 사랑한다 해주서 놓고 오지도 않고. 흐흑! 자기야, 너무 보고 싶어요. 흐흑! 흐흐흐흑!"

무릎을 감싸 안으면서 카이로시아는 오늘도 아침부터 한바탕 눈물바다를 이룬다는 생각을 했다.

이때 달콤한 향기가 느껴진다. 로잘린을 겁먹게 만들었던 가짜 센트 오브 워머나이저, 다시 말해 헤이즐넛 커피 향이다.

"……!"

고개를 들어 이제 뭔가 싶었던 카이로시아의 동공이 부르르 떤다.

"로시아! 이거부터 한잔해야지?"

"자, 자기야!"

자리에서 벌떡 일어난 카리로시아가 와락 달려들자 현수는 얼른 커피잔을 내려놓았다. 그리고 부드러운 교구를 받아 안았다.

"아앙! 꿈인 줄 알았잖아요. 아아앙!"

"으이그, 울보! 진작에 이런 울보인 줄 알았어야 하는 건데."

"네에? 뭐라고요? 방금 뭐라고 하셨어요?"

"로시아가 이런 울보라는 걸 일찌감치 알았어야 한다고 했어."

"왜요? 일찍 알았으면요? 그랬으면 저를 버리시려고……?"

카이로시아의 말은 중간에 끊겼다.

"아니! 더 일찍 와서 더 세게 안아주려고 했지."

"아앙, 자기야! 흑흑! 너무 사랑해요. 흐흐흑!"

"하하, 울보 맞아. 그러니까 지금부터 아주 꽉 안아줄 거야. 그러니까 아프다고 울면 안 돼."

"흐흑! 네에. 갈비뼈가 다 으스러져도 좋아요. 꽉 안아주세요."

카이로시아는 행복에 겨운 눈물을 흘렸다. 이때 진짜로 세게 안아주었다.

"으윽! 자, 자기야. 나 아파요. 으으윽! 너무 세요."

"하하! 하하하하! 로시아, 사랑해! 으읍!"

정열적인 모닝 키스가 시작되었다. 이때 카이로시아의 시중을 들어주려 다가왔던 시비들은 토마스와 루토의 제지를 당하는 중이다.

잠시 후, 이레나 상단 사람 거의 전부가 한자리에 모였다.

하인스 백작이 돌아왔다는 기쁜 소식을 알리기 위함이고, 다 같이 식사하기 위함이다.

*   *   *

"오오! 이게 누구신가? 어서 오시게. 백작!"

"하하, 네에. 그간 강녕하셨지요?"

"그, 그럼. 자네, 아니, 백작 덕분에 아주 좋았네. 지난번엔 정말 고마웠는데 금방 가서 고맙다는 말도 다 못 전했네."

로니안 자작은 진심을 담아 정중히 고개를 숙인다. 엘리터들의 무차별 습격으로 영지 전체가 쑥밭이 될 위기의 상황이었다.

게다가 본인과 로잘린은 오크에게 잡아먹힐 뻔한 위기도 겪었다. 그때 현수가 나타나 도와주지 않았다면 테세린의 오늘은 없다.

그러니 정중하지 않으면 이상할 것이다.

현수는 장인이 될 자작이 고개 숙이자 얼른 맞절을 했다.

"에구, 이러지 마십시오."

이때 곁에 있던 세실리아 자작부인이 한마디 한다.

"백작님, 이제 여행을 마치신 건가요?"

"아직 아닙니다. 하지만 조만간 끝날 수도 있습니다."

"다행이에요. 그동안 로잘린이 아주 많이 기다렸거든요."

세실리아 자작부인의 시선이 로잘린에게 미치자 기다렸다는 듯 치마를 잡고는 살짝 고개를 숙인다.

깜찍하면서도 성숙한 아름다움을 흩뿌린다.

"어서 오시어요. 백작님!"

"로잘린 영애! 그간 잘 있었소?"

"그럼요. 그간 안녕하셨지요?"

로잘린은 말을 하면서도 현수의 신상에 혹시라도 이상이 생겼을까 싶은지 세심한 시선으로 이곳저곳을 살펴본다.

인사가 끝난 후 모녀를 위한 자그마한 선물을 주었다.

장미와 초콜릿이다. 전에 주었던 화장품들은 아직 남았다고 하지만 언제 또 올지 몰라 더 꺼내 주었다.

모녀가 자리를 비우자 현수가 로니안 자작을 바라보았다. 그리곤 작심했던 이야기를 꺼냈다.

"자작님, 혹시 유카리안 영지와의 영지전을 계획하시는지요?"

"으음, 그걸 어찌 아셨나?"

장래의 사위가 될 것이지만 높은 귀족이기에 반 공대를 한다. 만날 때마다 잘 정리가 안 되는 모양이다. 하지만 이를 집어내지는 않았다. 지금은 그게 중요한 것이 아니기 때문이다.

로니안 자작은 흉중에 담고 있는 것에 대한 언급이 나왔지만 부인하거나 감추려 하지 않았다. 하인스 백작은 남이 아니기 때문이다.

"이레나 상단에도 못된 짓을 했더군요. 그래서 징치하고픈 마음이 있어 되돌아왔습니다."

"아! 그런가?"

"제가 도움이 될 수 있을 것 같습니다. 어쩌시겠습니까?"

"흐음, 지금이라도 데니스 백작을 칠 수는 있네. 문제는 그 후의 일이지. 케일론 영지의 칼멘 후작의 욕심이 워낙 사나워서 쉽게 결정하지 못하는 상황이네."

"이웃에 있는 드리안 영지의 칼루센 백작님에게 도움을 청하는 것은 어떻겠습니까?"

"흐음, 그분의 도움은 아마 어려울 것이네. 요즘 좋지 못한 사정이 생겨 제정신이 아니시기 때문이지."

"그게 무슨……?"

"백작부인과 영애들이 타고 나간 마차가 실종되었네. 하여 전 병력을 풀어 영지 곳곳을 뒤지느라 여념이 없네."

"아……!"

"몬스터의 짓이라는 설도 있지만 흑마법사들의 출현이 아닌가 하는 의견도 있네. 그것도 아니라면 귀족파의 음모일 수도 있다고 하네. 하여 신경이 곤두서 있어 우릴 도울 처지가 아니시네."

"그렇군요."

현수는 고개를 끄덕였다. 마누라와 자식이 없어졌는데 남 도울 정신이 남아 있지 않을 것이란 말에 동의한 것이다.

"칼멘 후작만 잠잠해진다면 어떻게 해보겠는데……."

"……! 그쪽 전력에 대해 아는 바가 있으시죠?"

"그럼, 후작 본인은 일단 소드 익스퍼트 최상급이네. 그리고……."

로니안 자작의 설명은 이어졌다.

칼멘 후작에겐 전원 소드 익스퍼트로 이루어진 3개 기사단이 있다.

기사 총원 120명 중 40명은 소드 익스퍼트 초급, 40명은 중급, 나머지 40명은 상급으로 분류되어 있다.

각각의 기사단엔 병사 4,000명씩 배속되어 있는데 가장 약한 기사단에 가장 강한 병사를 포진시켜 전력의 균등화를 이루고 있다.

이게 대외적인 전력이고, 대내적으론 치안을 담당하는 병사 200여 명이 더 있다고 한다.

물론 수련 기사와 훈련 중인 인원은 제외다.

모든 설명을 다 들은 현수는 고심하는 표정을 지었다.

로니안 자작은 느닷없이 찾아와 이런 이야기를 했을 때엔
뭔가 있다 싶었는지 말없이 기다려 주었다. 생각을 정리한 현
수가 묻는다.

"그러니까 욕심 사나운 칼멘 후작의 병력만 움직이지 않는
다면 해볼 만하다는 거죠?"

"그렇다네. 그런데 그 방법이 없어 아무것도 못하고 있네."

"그렇군요. 알겠습니다."

현수가 고개를 끄덕이자 자작은 기대에 찬 눈빛으로 바라
본다. 이때 현수의 뇌리로 번개처럼 스치는 묘안이 있었다.

"혹시… 전장의 학살자 토마스를 아시는지요?"

"뭐어? 전장의 학살자라면… 특급용병 토마스를 말하는 겐
가? 소드 마스터 전쟁용병……? 맞나?"

로니안 자작은 다소 흥분한 듯하다. 토마스만 가담해 주면
오랜 숙원을 해결할 수 있을 것 같아서이다.

"그 사람은 왜……? 혹시 불러올 수 있는 겐가?"

"아뇨. 하지만 그 대역은 해볼 만해서요."

"대역……? 누가……?"

"누구긴요? 제가 하죠."

"뭐어……?"

로니안 자작은 입을 딱 벌렸다. 전장의 지배자 소드 마스터는 함부로 사칭할 수 없는 존재이기 때문이다.

누구든 소드 마스터를 사칭했다가 아니라는 게 밝혀지면 처절한 응징을 당할 수 있다. 그리고 실제로 그렇게 당한 사람이 여럿이다.

어느 왕국에선 소드 익스퍼트 최상급인 후작이 소드 마스터라 거짓말을 했다가 손목을 잘리기도 했다.

당시 징계에 나섰던 소드 마스터는 왕국의 추격을 받을 수 있다는 것을 알면서도 그랬다. 하지만 왕국은 그러지 못했다. 그랬다간 대륙의 모든 소드 마스터에게 공격당할 수 있기 때문이다.

왕국의 후작이 이러한데 평범한 일반인들은 어떠하겠는가!

그렇기에 함부로 사칭하지 못하는 것이다.

우려 섞인 로니안 자작의 얼굴을 본 현수가 피식 웃었다. 그리곤 말없이 검을 뽑아 들었다. 일전에 가보라 하면서 주었던 그것이다.

대체 무슨 일인가 싶어 바라보던 로니안 자작의 눈이 커진다. 현수의 검에서 시퍼런 검강이 쭉 뻗어 나왔기 때문이다.

지이이이잉—!

"허억……!"

소드 익스퍼트 중급인 로니안 자작은 눈앞의 광경을 믿을 수 없다는 듯 눈을 비빈다. 그런다고 뻗어 나온 검강이 사라지겠는가!

"얼마 전 작은 깨달음을 얻어 이렇게 되었습니다."

"세, 세상에……!"

로니안 자작은 말을 더듬었다. 그러면서도 정작 뒷말은 잇지 못했다. 상상할 수도 없던 일이기 때문이다.

하인스 멀린 백작은 여행 중인 타국의 귀족이다. 그런 사람이 수행원 하나 없이 남의 나라를 돌아다니고 있다.

용병행도 아니고, 기사수련도 아니다. 그런데 느닷없이 소드 마스터가 되었다고 하니 정신이 하나도 없는 것이다.

"이, 이게 어떻게 된… 이건 말도 안 돼! 어떻게……!"

로니안 자작이 너무도 놀라 말을 잇지 못할 때이다.

"제가 복면을 쓰고 전장의 학살자 역할을 하겠습니다. 자작님은 병사들을 준비시켜 주십시오."

"……?"

"참, 병사들에게 지급할 무구들이 있습니다."

"무, 무구……?"

"네, 이걸 기사들에게 보급하십시오."

아공간에 고이 간직되어 있던 아머를 꺼내자 자작의 눈이 커진다. 한눈에 보기에도 범상치 않았던 때문이다.

아머에 이어 검과 방패, 그리고 투구와 완호갑, 마지막으로 장갑과 각반까지 꺼내 놓자 입을 딱 벌린다.

이건 누가 봐도 세트 아머이다. 그런데 늘 보던 것과는 천양지차이다. 한눈에 딱 보기에도 명품 중의 명품이다.

"이, 이건 대체……? 호, 혹시 드워프제가 아닌가?"

로니안 자작이 놀라서 부들부들 떨 때 현수의 말이 이어진다.

"역시, 안목이 높으시군요. 맞습니다. 드워프제! 제게 테세린 영지의 모든 기사와 병사에게 지급할 만큼 있습니다. 이게 몸에 익어야 하니 훈련장으로 안내해 주십시오."

"그, 그러세!"

허둥지둥 안내하는 로니안 자작의 뒷모습이 우스꽝스러웠지만 현수는 웃지 않았다. 누구라도 이럴 것이기 때문이다.

잠시 후, 테세린 영지의 병사들 입에서 환호성이 터져 나왔다.

꿈에도 생각지 못했던 드워프제 세트 무구들을 받을 수 있게 되었다는 발표가 있은 직후이다.

현수는 인원을 파악하는 즉시 무구들을 꺼냈다.

"헐……! 이, 이 모든 게 정녕 드워프제 무구란 말인가?"

로니안 자작은 입을 딱 벌렸다.

"세상에, 맙소사……!"

드워프가 만든 무구는 왕궁에서나 볼 수 있다. 아니면 최고위 귀족의 식솔들이나 가진다.

구하기가 하늘의 별을 따는 것만큼 어렵고, 설사 돈 주고 살 수 있다 하더라도 그 가격이 너무도 엄청나기 때문이다.

실제로 거래된 드워프제 무구는 장검 한 자루에 200골드이다. 한화 2억 원가량 된다.

방패는 180골드, 투구 120골드, 완호갑 60골드, 장갑 30골드, 각반 40골드 등이다. 이렇게 한 세트를 모두 갖추려면 630골드 이상이 소요된다. 한화로 환산하면 6억 3천만 원이다.

기사가 100명 있다면 무장하는 데만 630억 원이 든다. 이 밖에 랜스, 말 등이 따로 있어야 하니 웬만해서는 절대 가질 수 없다.

그런데 현수는 이런 걸 기사와 병사들 수효에 맞춰 꺼내 놓았다.

기사 20명과 병사 1,700명에게 지급된 무구를 돈으로 환산하면 어마어마하기에 로니안 자작은 계산해 보지도 않았다.

영지를 통째로 팔아야 간신히 감당할 거액이기 때문이다.

"자, 자네!"

로니안 자작이 격동에 겨워 부르르 떨든 말든 현수는 병사와 기사들에게 무구를 지급했다. 그리곤 다시 집무실로 되돌아왔다.

이번엔 아밍 소드를 꺼냈다. 로잘린을 아내로 맞이하겠다고 했을 때 로니안 자작이 가보라면서 준 것이다.

"자작님, 이 검엔 샤프니스와 스트렝스, 그리고 체인 라이트닝 마법이 인챈트되어 있습니다. 체인 라이트닝의 경우는 하루에 3번까지 시전되며 마나는 자동으로 채워집니다."

"……!"

얼떨결에 검을 받아 든 로니안 자작은 멍한 표정이다. 자신이 주었던 검의 놀라운 변신에 정신이 하나도 없는 것이다.

"체인 라이트닝을 구현시키려면 검에 마나를 주입하면서 '시전' 이라고만 외치면 됩니다. 아셨죠?"

"이, 이걸 어떻게……."

"여행을 하다 만난 마법사가 인챈트해 준 겁니다. 이걸 쓰십시오."

"고, 고맙네. 정말 고맙네!"

로이안 자작은 또 격동에 겨워 부르르 떤다.

이제 오랜 염원을 해결할 수 있게 되었기 때문이다.

이날 오후, 테세린 영지에서는 3명의 전령이 출발하였다. 하나의 목적지는 테세린 영지를 관장하는 할만 공작성이다.

미판테 왕국의 총사령관이라 할 수 있는 인물이다.

영지전을 일으키려면 먼저 관할 공작이나 후작에게 보고를 한다. 그러면 그걸 왕궁에 보고하여 최종 인가를 받는 형식이다.

따라서 공작에게 영지전 발발을 통보하면 즉시 왕궁에 이를 알리고 판정관을 파견할 것이다.

다른 한 전령의 목적지는 영지전의 상대인 유카리안 영지이다.

마지막 전령의 목적지는 드리안 영지이다.

테세린에 지극히 우호적인 칼루센 백작에게 영지전이 일어나게 되었음을 알리려는 목적이다. 혹시 전투에 패하더라도 그쪽으로 도주하면 재기의 발판을 마련할 수 있게 될 것이다. 하여 유사시 도주로 확보를 위한 통보이기도 하다.

같은 시각, 현수는 이레나 상단 연무장에 모습을 드러냈다.

"자아, 이번엔 둘이 같이 덤벼보게."

"네, 백작님!"

현수의 말이 떨어지기 무섭게 B급 용병 토마스와 A급 용병 루토가 땅에 떨어져 있던 검을 집어 들고 달려든다.

벌써 네 시간째 대련이다.

이들은 현재 현수로부터 한 가지 검법을 전수받는 중이다. 멀린이 수집했던 많은 검법서를 뒤진 끝에 찾아낸 것이다.

챙, 챙! 채챙! 채채채챙!

"으읏!"

루토가 먼저 나가떨어진다. 현수는 쇄도하던 토마스의 검을 받아내며 소리친다.

"늦어! 그렇게 해서 어찌 적의 목을 베겠나? 그럴 땐 조금 더 과감했어야지. 망설이다가 기회를 놓칠 셈인가?"

"죄, 죄송합니다."

"그냥 공격했다면 상대는 이렇게밖에 피할 수 없어. 그럼 위험이 사라지는 거지. 근데 그걸 예상 못해 멈칫거리면 적에게 시간만 벌어주는 걸세. 안 그런가?"

"시, 시정하겠습니다."

"토마스, 자네도 마찬가지야. 왜 자꾸 멈칫거려? 과감하란 말이야. 내 고향에 이런 말이 있어. '죽고자 하면 살 것이요. 살고자 하면 죽을 것이다' 라는 말 말이야."

"네? 그게 무슨……?"

"곰곰이 생각해 봐. 내 조상 중의 한 분이 하신 말씀으로 아주 위대한 분이셨네. 모든 전투에서 승리를 이끌었던 분이지."

"살고자 하면 죽고, 죽고자 하면 산다고요?"

"그래! 마음가짐을 그렇게 가지게. 자! 오늘 수련은 여기까지. 지금부터는 자네 둘이 자유대련을 하게."

"네, 알겠습니다."

루토와 토마스는 차렷 자세를 취함으로써 예를 갖췄다.

하인스 백작이 어떤 신분으로 캐러나데 사막과 마물의 숲을 지났는지를 알게 된 이후 더욱 존경하게 되었기 때문이다.

연무장을 벗어나니 카이로시아가 쉐리엔 열매로 만든 주스를 들고 기다리고 있다.

"더우셨죠? 자, 이거 드세요."

"고마워!"

"어머, 고맙기는요. 제가 이런 걸 준비할 수 있게 해준 자기야가 더 고마워요."

장차 현숙한 아내가 될 것이 너무도 분명한 모습이기에 현수는 부드러운 웃음을 지어주었다

"내가 알아봐 달라는 건 알아봤어?"

"그럼요. 발루네가 비번이니 잘 안내해 드릴 거예요."

"그래? 알았어."

현수가 고개를 끄덕이며 주스가 담긴 잔을 비우자 카이로시아가 곁에 대기하고 있던 발루네에게 시선을 준다.

"백작님 안내 잘하세요."

"아이고, 물론입죠. 지부장님!"

"흐음, 그럼 다녀올게."

"네, 조심해서 다녀오세요."

카이로시아는 현수가 아직도 7써클 마스터이자 소드 익스퍼트 최상급인 것으로 안다. 그럼에도 건드릴 사람이 없다는 것은 안다.

하지만 불안한 듯 살짝 아미를 찌푸린다. 마음 같아선 하루 종일 같이 다니고 싶지만 업무 때문에 그러지 못하는 것이다.

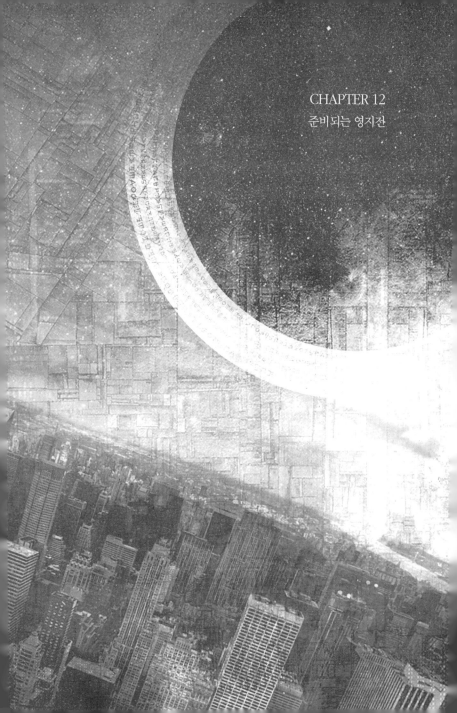

CHAPTER 12
준비되는 영지전

"오오! 이게 누구신가? 오랜만이네. C급 용병 하인스!"

용병지부 접수대 근처에 앉아 졸고 있던 하시쿤은 자리에서 벌떡 일어나 현수를 안았다.

"오랜만입니다. 하시쿤!"

"그래, 반갑네. 그런데 혼자서 어떻게 왔나?"

캐러나데 사막과 마물의 숲을 어찌 왔느냐는 뜻일 것이다.

"다 수가 있으니까요. 근데 다들 어디 갔습니까? 북적이던 용병지부가 왜 이렇게 한산하죠?"

현수의 물음에 용병지부장인 하시쿤이 싱긋 미소 짓는다.

"이웃 영지에서 대대적인 용병 모집을 한다 하여 다들 그쪽으로 몰려갔다네. 자네도 생각 있나?"

"이웃 영지요?"

"그래. 테세린 영지는 유카리안 영지와 드리안 영지로 둘러싸여 있다는 거 알지? 참, 사람은 물론 몬스터들도 못 사는 데스랜드도 있군."

"그럼요."

"유카리안 영지 바깥쪽에 놀트란 영지라고 있네. 쉐먼 자작가의 영지이지. 그 영지에서 몬스터 토벌을 한다며 용병들을 대대적으로 모집하고 있네. 그래서 모두 그리로 간 거지."

"그래요? 그럼 그게 늘 있는 일인가요?"

왠지 이상한 기분이 들어 물어본 말이다. 이에 하시쿤이 슬쩍 이맛살을 접는다.

"그게 말일세. 조금 이상하기는 해. 놀트란 영지는 산지가 거의 없어서 몬스터가 별로 없는 살기 좋은 영지거든."

"……! 그럼 혹시, 급하게 그쪽 상황을 알아볼 수 있을까요?"

"그쪽 상황을……? 뭘? 그리고 왜?"

하시쿤이 의아하다는 표정을 짓는다. 현수가 실력을 감춘 C급 용병이라는 것은 안다. 그리고 물욕 없음도 안다. 줄리앙이 가져온 최상급 포션 덕에 심각했던 부상을 털고 일어났던 경험 때문이다.

최상급 포션은 B급에서도 제법 실력 있는 용병이 1년 내내 쉬지 않고 일을 해야 간신히 살 수 있는 값비싼 귀물이다.

그런데 현수는 그걸 한 병 반이나 그냥 줬다. 한 병은 동행했던 A급 용병 랄프가 가져갔고, 나머지 반병은 줄리앙이 가져왔다.

뿐만 아니라 율리아 영지의 영주 나후엘 자작이 하사한 20골드를 죽은 테일러의 가족에게 주라고 했다. 몇 년은 놀고먹을 돈이다.

현수는 새삼 주위를 둘러보았다. 주위엔 아무도 없다. 하여 은근한 음성으로 말을 이었다.

"최근에 접한 첩보에 의하면 테세린 영지에서 유카리안 영지와의 영지전 승인 신청을 했습니다. 그러니 이쪽 용병들을 저쪽으로 끌어들이려는 수작일 수도 있습니다."

"……!"

용병지부는 대륙 어디에나 있다. 그리고 전쟁이 발발하더라도 직접 참가하지 않는 이상 중립의 의무가 있다.

그렇다 하더라도 피해가 없는 것은 아니다. 패한 쪽의 용병지부는 상당한 기간 동안 불이익을 당한다.

그 불이익은 용병 개개인의 생활고와 직결되어 있다.

하여 하시쿤은 이맛살을 잔뜩 찌푸렸다. 반갑지 않은 소식이기 때문이다. 그리고 이쪽 용병까지 저쪽에 붙어 전투가 벌어지면 나중에 틀림없이 문제가 발생하기 때문이다.

현수는 이쯤 해서 확실한 수를 둬야 한다고 생각했다.

"줄리앙과 연락이 닿으면 즉시 돌아오라고 전해주십시오."

"……? 왜지?"

"로니안 자작님이 전장의 학살자를 불렀다는 첩보가 있거든요."

"뭐, 뭐어……? 저, 전, 전장의 학살자 토마스……? 특급 용병? 지, 진짜인가? 방금 한 말 정말, 정말인가?"

하시쿤은 말을 더듬을 뿐만 아니라 재삼 확인까지 하려 한다.

"제가 알기엔 로니안 자작님이 이번에 상당히 많은 돈을 쓰신다고 했습니다. 오랜 숙원이잖아요."

"그, 그야……!"

하시쿤은 몹시 떨고 있다.

전장의 학살자 토마스는 주로 국가 간의 전쟁에 등장한다. 그렇다 하여 영지전을 뛰지 않은 것은 아니다.

여러 번 영지전에 참여하여 승리를 이끌었다. 그때 상대편 진영은 글자 그대로 쑥밭이 되어 버렸다.

수많은 기사와 병사, 그리고 용병들의 목이 허공으로 떠올랐다. 덤비지 않는다면 모를까 누구라도 대적하면 목숨을 빼앗았다.

문제는 토마스라는 전장의 학살자의 뚜렷한 인상착의가 알려지지 않았다는 것이다. 소문만 무성할 뿐이다. 진 쪽은 모두 죽었으니 말을 할 수 없고, 이긴 쪽은 나중을 위해 언급을 피했기 때문이다.

그래서 누가 특급용병 토마스인지 아는 사람이 없다.

만일 줄리앙이 저쪽에 있다가 토마스를 만난다면 그건 죽음에 이르는 지름길에 올라선 것과 같다. 하나밖에 없는 금쪽같은 딸이 죽을 수 있다는 생각에 하시쿤의 마음은 급해졌다.

"자, 잠깐만 기다려 보게. 지금 즉시 연락을 해볼 테니."

하시쿤이 허둥지둥 자리를 비우자 현수는 빙그레 웃음 지었다.

전장의 학살자 토마스가 나타날 것이라는 소문만으로도 유카리안 영지는 막대한 타격을 입을 것이다.

파리처럼 꼬여 있던 용병들은 기꺼이 위약금을 내고 몸을 뺄 것이다. 기사와 병사들의 사기는 땅에 떨어질 것이고, 이웃 영지의 도움은 요원한 일이 될 것이다. 이번 영지전은 소문만으로도 시작 전부터 반쯤 이기고 들어가는 셈이다.

진짜 전장의 학살자 토마스가 나중에 이 소식을 알고 달려드는 수가 있을 것이다. 하지만 같은 소드 마스터라도 격이 다르다.

현수는 드래고니안들과의 대결을 틈날 때마다 떠올리며

심상 수련을 해왔다. 하여 현재는 소드 마스터 최상급에 도달해 있다.

본인이 미처 인식하지 못하고 있을 뿐이다.

조금 더 현묘한 뜻을 깨닫게 된다면 대륙 유일의 그랜드 마스터를 넘볼 수준에 올라 있는 것이다.

이것만으로도 충분히 토마스를 상대해 낼 수 있다. 여기에 무지막지한 위력을 내는 8써클 마법까지 가능하다. 토마스가 제아무리 강한 자라 할지라도 상대가 될 수 없는 상황인 것이다.

물론 상대의 이름을 팔았으니 그에 대한 대가로 한 수 정도 가르쳐 주거나 술 한 잔을 나눠야 할 것이다.

사실 확인을 하러 갔던 하시쿤은 사색이 되어 돌아왔다. 다행한 것은 테세린 지부 소속 용병들은 아직 계약을 하지 않아 위약금을 물 필요가 없다는 것이다.

아무튼 하시쿤의 전언에 따라 테세린 소속은 물론이고 다른 영지 소속 용병들도 속속 놀트란 영지를 떠난다고 한다.

그들의 목적지는 테세린이다. 전장의 학살자를 보기 위함이다.

목적한 바를 이룬 하시쿤에게 물어 테일러의 집을 찾았다. 그곳까지 안내는 이레나 상단의 수문 위병 발루네가 했다. 가보니 테세린 외곽에 위치한 다 쓰러져 가는 오두막이다.

그런데 누군가 그 집의 문을 두들기고 있다.

쿵, 쿵, 쿵—!

"애니! 애니, 안에 있어? 문 좀 열어."

쿵, 쿵, 쿵—!

"문 좀 열란 말이야. 나야, 네 서방, 티에리야."

문을 두드리며 소리를 지르지만 누구 하나 관심 보이는 사람이 없다. 몇몇 노인만 혀를 차며 지나갈 뿐이다.

귀를 기울여 보니 나직이 중얼거린다.

"에이, 저 나쁜 놈! 남편 목숨 값 다 뜯어먹고도 뭘 더 빼앗아가려고 저러는 거야?"

"그러게 말이네. 테일러네 애들 모두 노예로 팔아 치웠다며?"

"그래! 한 아이당 2골드씩 받고 팔아먹었다고 하더군."

"근데 뭘 더 빼앗을 게 있다고 저러지? 애니는 몸도 아픈데."

"저 빌어먹을 놈이 사창가에 팔아먹으려 한다는 소문이 있어."

"뭐어? 폐병을 앓아 피까지 토하는 애니를 사창가에 판다고?"

"그래, 항구 쪽 뱃놈들 많이 드나드는 데 있잖은가? 거기 주점에서 1골드에 산다는군."

"어휴, 미친놈들! 폐병 걸린 여자를……."

"그러게. 게다가 남편은 용병 일 하다 죽고, 애들 셋은 모두 노예로 팔렸는데 불쌍하지도 않을까?"

"휴우! 그러게 말이네. 참 기구한 인생이야."

"내가 듣기론 테일러가 용병 일 하다 죽은 거에 대한 보상금이 꽤 된다고 들었는데 그건 어떻게 되었나?"

"어떻게 되긴? 저기 보이는 저 악당이 다 처먹었지. 저놈 진짜 나쁜 놈이야. 어릴 때부터 아주 싹수가 노란 놈이었다고. 에구, 신은 뭐하시나 저런 놈 안 잡아가고."

"그러게. 우린 가세! 힘이 없어 도와줄 수도 없으니."

노인들이 멀어져 가는 모습을 본 현수의 눈에는 분노의 빛이 어렸다. 세상에서 말살시킬 인간성 나쁜 놈이 눈앞에 있기 때문이다.

이때 더욱 세게 문을 두드리며 소리친다.

쾅, 쾅, 쾅―!

"야, 이 쌍년아! 어서 문 열지 못해? 안 열면 다 때려 부순다. 좋은 말로 할 때 어서 열어! 안 열어?"

쾅! 쾅! 쾅―!

우수수, 우수수수―!

욕을 하며 문을 두드리던 녀석이 발로 걷어차자 집 전체가 흔들린다. 다 썩어가는 오두막이라 그런 것이다.

어찌 가만히 있을 수 있겠는가!

"어이, 거기……!"

"뭐……? 넌 뭐야? 그리고, 어이, 거기……? 새파란 애송이가 어디서 감히 티에리님에게 어이라고 하는 거야?"

애니는 분명 실내에 있다. 그럼에도 대답조차 없어 화가 나던 차에 시비를 건다 생각했는지 몸을 돌려 현수에게로 다가선다.

"야, 이 새끼야! 어른이 뭐라고 말씀하셨으면 얼른 고개 조아리고 잘못했다고 빌어야 하는 거 아냐? 어디서 싸가지 없이 어른을 쳐다봐? 너 한번 뒈져 볼래?"

욕설을 내뱉으며 다가서던 티에리가 느닷없는 주먹을 휘두른다. 하지만 이에 맞을 현수가 아니다.

휘익—! 빠악—!

"아아악! 내 발, 내 발! 아아아악!"

티에리라는 녀석이 휘두른 주먹은 당연히 허공을 스쳤다.

그 순간 현수의 발이 녀석의 발목을 가격했다. 그와 동시에 비명을 지르며 데굴데굴 구른다. 물론 두 손으로 발목을 움켜쥔 채이다.

현수는 잠시 바라만 보았다. 그러자 고통이 줄어드는지 불량스런 시선으로 노려보며 일어선다.

어느새 허리춤에 꽂아두었던 대거를 뽑아 든 자세이다.

"어디서 이런 개 잡종이 감히 내게……! 죽엇!"

휘이익—!

대거는 현수의 의복 바로 곁을 스치고 지났다. 그 순간 반 보 가량 물러났던 현수의 신형이 한 발 앞으로 나아간다. 그리고 주먹 하나가 섬전의 속도로 공간을 갈랐다.

휘익! 퍼억—!

"크아아악!"

강력한 라이트 훅이 안면에 꽂히자 누런 이빨 몇 개와 더불어 선혈이 튄다. 티에리가 비틀거렸지만 현수는 더 공격하지 않았다.

잠시 후, 놈이 성난 황소처럼 달려들었지만 그때마다 간발의 차이로 피함과 동시에 반격을 시도했다.

한 번 공격에 한 번 반격이다. 그렇게 십여 차례 공방이 이어진 끝에 티에리는 바닥에서 꿈틀거리고 있다.

모든 이빨이 부러졌고, 몇몇 뼈마디는 으스러졌다.

의료 기술이 발달하지 못한 곳인지라 정상인으로 살긴 힘들 것이다.

피를 흘리고 있지만 현수는 본 척도 하지 않았다. 그리곤 애니가 숨죽이고 있는 오두막으로 향했다.

쿵, 쿵, 쿵—!

"계십니까?"

"쿨럭! 누, 누구신가요? 쿨럭, 쿨럭!"

틈새로 광경을 지켜보던 애니가 조심스러운 음성으로 묻는다.

"부군인 테일러와 같이 용병 일을 했던 하인스라 합니다."

"하인스님이요? 우리 그이와 함께했던……? 쿨럭! 그럼, 금화를 주신 그 하인스님이신가요?"

"네, 테일러와 같이 용병 일을 했죠."

"자, 잠시만요."

삐이꺽ㅡ!

오두막의 문이 열리자 말로 형언할 수 없는 묘한 냄새가 풍긴다. 나무 썩는 냄새와 더불어 불결한 환부의 냄새 등이다.

현수는 이맛살이 절로 찌푸려졌으나 내색하진 않았다.

현수는 그간의 사정을 물었고, 애니는 숨김없이 털어놓았다.

"그러니까 돈은 모두 강탈당했고, 아이들은 노예로 팔렸다고요?"

"흐흑! 네에. 용병들이 사라지고 저놈이 와서…. 쿨럭, 쿨럭!"

애니의 울음 섞인 하소연은 길었다.

처음엔 여러 가지로 마음써 준 티에리를 좋게 보았다. 하여 어쩌면 팔자를 고칠 수 있을지도 모른다는 희망을 품었었다.

놈의 속내를 몰랐을 때이다.

티에리는 감언이설로 애니를 꼬였다.

병든 몸에 애까지 셋이나 있지만 티에리는 지극정성이었

다. 하여 먼저 몸을 주었고, 나중엔 가진 돈 전부를 주었다.

미래를 위해 불려야 한다던 그 돈은 흥청망청 썼다.

돈이 떨어지자 티에리는 애니에게 몸 팔 것을 강요했다. 하지만 거절했다. 그러자 아이들 셋을 모두 노예로 팔아버렸다.

그 돈이 떨어지자 이번엔 애니를 사창가에 팔려고 왔던 것이다.

말을 마친 애니는 기력이 다한 듯 숨을 몰아쉬더니 기절한다.

"이런… 마나 디텍션!"

샤르르르룽—!

손목을 통해 스며든 마나는 애니의 몸 상태를 속속들이 보고했다. 이에 현수는 회복 포션 한 병을 사용했다.

"마나여, 모든 것을 원상으로……. 리커버리!"

샤르르르르룽—!

또 한 번의 마법이 구현되자 창백했던 애니의 안색이 정상으로 돌아온다.

"흐흑! 이 은혜를 어찌? 고맙습니다. 정말 고맙습니다."

혼절에서 깨어난 애니는 몸 상태가 확연히 달라졌음을 알아차리곤 계속해서 눈물만 흘린다.

"애니, 이곳은 사람 살 만한 곳이 못 되니 일단 나를 따라오세요."

"네, 무엇이든 시키는 대로 할게요."

현수의 뒤를 따른 애니가 당도한 곳은 하인스 상단 테세린 지부라는 간판이 달려 있는 건물이다.

예전엔 코찔찔이 세실리아 여관이라 불리던 것이다.

"헉! 배, 백작님! 어, 어서 오십시오."

안에서 장부 정리를 하고 있던 얀센이 대경실색하며 튀어 나온다.

"어머, 백작님! 안녕하셨어요?"

곁에서 편한 자세로 아이에게 젖을 먹이던 로사도 벌떡 일어난다.

"아아! 둘 다 편하게 앉게."

"배, 백작님! 어떻게 말도 없이……?"

"그간 잘 있었는가?"

"네, 백작님 덕분에 저희는 잘 지내고 있습니다."

"다비드는……? 잘 크고?"

"네. 병치레 없이 무럭무럭 자라고 있습니다."

"하하, 그거 다행이네."

한편 현수의 뒤를 따라 하인스 상단 테세린 지부에 발을 들여놓았던 애니는 멍한 표정이다. 남편과 함께 용병행을 했던 사람이 백작이라니 어찌 놀라지 않겠는가!

애니를 발견한 얀센이 묻는다.

"근데 저 여인은……?"

"참, 이 여인은 애니라 하네. 나와 함께 여행을 했던 테일러라는 동료의 아내지. 당분간 돌봐주게."

"네……? 아, 네에. 알겠습니다."

"많이 지친 상태일 것이니 좀 쉬도록 해주게. 2층에 방 있지?"

"네에, 물론입니다. 여보, 다비드는 내가 볼 테니 애니 씨를 안내해 줘. 그리고 백작님 오셨으니 차도 좀 준비해 주고."

"네에. 여보!"

로사는 애정이 담뿍 담긴 시선으로 생긋 웃어주고는 애니를 데리고 2층으로 올랐다.

현수는 얀센으로부터 그간에 있었던 일을 들었다.

지난번에 주고 갔던 후춧가루와 연막탄은 모두 팔렸다. 판매 대금은 현재 안전을 위해 로니안 자작이 보관 중이라고 한다.

현재는 이레나 상단이 양보해 준 곡물로 상행을 하는 중이다. 그 때문에 제법 많은 인원을 뽑았다고 한다.

현수는 창고로 사용하는 방에 가서 후춧가루를 더 꺼내 놓았다. 이밖에도 소금을 많이 꺼내 놓았다. 이곳에선 귀한 물건이기 때문이다.

얀센은 끝도 없이 쏟아져 나오는 막대한 양의 소금에 입을 탁 벌렸다. 워낙 귀하기에 이곳 테세린의 음식은 싱거운 편이다.

그런데 5톤 트럭으로 2대 분량이나 나오니 어찌 놀라지 않겠는가!

잠시 후, 얀센은 팔렸던 애니의 아이들을 데리고 왔다. 물론 적절한 값을 치러줬다.

애니는 내일부터 하인스 상단 주방 보조이다. 아이들은 심부름꾼으로 쓰다 나이 들면 직원으로 고용하기로 했다.

모든 일을 마친 현수는 영주성으로 향했다.

"멈춰라! 이곳은 테세린의 영주성이다. 신분을 밝혀라."

현수는 C급 용병 차림이라는 것을 떠올리고는 피식 웃었다.

"수고한다. 에밀리! 그간 잘 있었나?"

"누가 감히……? 헉! 배, 백작님!"

"그래, 들어가도 되지?"

"무, 물론입니다."

현수가 성내로 들어서자 초소 안에 있던 기사가 튀어나온다.

"하인스 백작님!"

"오! 크린스 경! 그래, 검술 솜씨는 좀 늘었는가?"

"네, 백작님 덕분에 초급 마스터가 되었습니다."

"하하! 그래? 계속 정진하다 보면 금방 중급에 이를 걸세."

"네, 그래야지요. 그리고 감사드립니다."

"뭘 말인가?"

"이 아머와 검, 그리고 방패! 정말 좋습니다."

"그래, 좋은 걸세. 드워프들이 정성 들여 만든 거니."

"네, 모든 기사와 병사를 대표하여 진짜 감사하다는 말씀을 드리고 싶었습니다."

"자네, 자작님이 내 장인이 될 거라는 거 알지?"

"네, 물론입니다."

기사 크린스는 아름다운 로잘린 영애의 짝으로 하인스 멀린 백작이 내정되었다는 것을 잘 알고 있다. 그리고 그것에 대해 추호의 불만이나 시기도 없다. 오히려 정말 다행이라는 생각이다.

존경하는 하인스 백작과 아름다운 로잘린의 결합은 그야말로 신의 축복이라 여기는 중이다.

"자네와 병사들에게 지급한 드워프제 무구가 내 혼인 예물이네."

"아……!"

크린스는 말을 잇지 못했다. 왕자와 공주 간의 결합에도 이처럼 많은 무구가 예물로 오가지 않는다. 아니, 그럴 수 없다.

드워프제 무구는 한 왕국당 많아야 100벌 남짓이기 때문이다. 그런데 하인스 백작은 그런 무구들을 무려 1,800벌이나 내놨다.

그중 하나는 특별하다. 영주인 로니안 자작에게 지급된 것이다.

경량화와 스트렝스, 그리고 항온 유지는 모든 무구에 인챈트된 마법이다. 아머를 입고 있어도 얇은 옷 한 벌 걸친 것 같은 느낌이다.

그리고 웬만한 병장기로는 흠집조차 낼 수 없다.

뿐만 아니라 늘 같은 온도를 유지하여 여름과 겨울에도 활동의 제약을 적게 받는다. 이는 현수가 꼼수를 부려 마법진을 대량으로 복사해 내었기에 가능한 일이었다.

아무튼 로니안 자작의 아머에는 추가로 플라이 마법진이 그려져 있다. 위기가 닥쳤을 때 약 10분간 비행할 수 있다.

이밖에 블링크 마법과 워프 마법진도 그려져 있다.

1일 3회 사용 가능한 블링크는 약 50m를 이동한다.

워프는 목숨이 경각지경에 처했을 경우 테세린 영주성의 비밀 장소로 이동할 수 있는 것이다. 이를 위해 상급 마나석 하나가 소모되었다. 장인의 생명을 보호하기 위한 배려이다.

어쨌거나 기사 크린스는 너무도 큰 결혼 예물에 감동을 받은 듯 말을 잇지 못하고 있었다.

"자, 그럼 나중에 또 보세."

"넷! 들어가 보십시오."

기사 크린스는 자신이 할 수 있는 최고의 예로 허리를 깊숙이 숙였다. 영주인 로니안 자작에게도 하지 않던 극상의 예이다.

현수가 성내로 들어서자 다들 하던 일을 멈추고 예를 갖춘다.

적어도 성내에선 곧 영지전이 벌어진다는 것을 알기 때문이다.

"자작님! 전령이 왔다고요?"

"그렇네. 영지전 승인이 떨어졌고 판정관도 정해졌네."

"생각보다 쉽게 승인이 떨어지는군요."

"우린 국왕파고 데니스 백작은 귀족파라 그렇지."

다른 왕국들도 그렇지만 미판테 왕국도 국왕지지파와 귀족중심파 간의 파벌 싸움이 치열한 모양이다.

"판정관은 누구랍니까?"

"나무센 자작일세."

"나무센 자작이라면 왕실 출납부 소속 행정관 아닙니까?"

"그렇지. 현재 유카리안 영지 마나석 광산의 채굴량을 체크하는 임무를 맡고 있네."

"나무센 자작이 있으니 언제든 병사들을 동원해도 되겠

군요.”

“그렇지. 하여 내일 아침 일찍 출병할 생각이네.”

“잠깐만요. 한 이틀쯤 뒤로 미뤄보십시오.”

“이틀을 미뤄? 왜? 지금 저쪽에선 용병 계약을 하느라 난리가 났을 텐데, 하루라도 빨리 시작하는 게 낫지 않겠나?”

“그렇기는 하지만 우리도 용병들을 고용해야지요.”

“그렇지 않아도 확인해 보았더니 이쪽엔 용병이 거의 없네. 놀트란 영지에서 대대적인 몬스터 토벌을 한다 하여 다 갔다고 하더군.”

“그게 아마 사실이 아닐 겁니다.”

“사실이 아니라고?”

“네, 모르긴 몰라도 유카리안 영지에서도 영지전을 계획하고 있었던 듯싶습니다.”

“그게 무슨 소린가?”

로니안 자작이 의자를 당겨 앉는다. 어서 말하라는 뜻이다.

현수는 용병지부에서 오갔던 내용을 다시 한 번 이야기했다. 이에 로니안 자작은 인상을 찌푸렸다.

저쪽에서 음모를 꾸미고 있었다면 그에 합당한 준비가 되어 있거나 진행 중이라는 것이다.

그렇다면 이번 영지전이 쉽지 않을 수도 있다. 하지만 이내 환한 표정으로 바뀐다. 드워프제 무구로 무장된 기사와 병사들은 이전에 비해 최고 한 단계 이상 업그레이드된 것과 마찬가지이다.

　게다가 전장의 학살자 토마스의 등장은 저쪽의 사기를 현저하게 깎아내는 수가 되기 때문이다.

『전능의 팔찌』 제18권에 계속…

도 滙 徒 湾

촌부 **新무협 판타지 소설**
FANTASTIC ORIENTAL HEROES

천생
협로

『우화등선』,『화공도담』의 뒤를 잇는
작가 촌부의 또 하나의 도가 무협!

무림맹주(武林盟主), 아미파(峨嵋派) 장문인(掌門人),
군문제일검(軍門第一劍), 남궁세가(南宮勢家)의 안주인.

그들을 키워낸 어머니─
진무신모(眞武神母) 유월향(柳月香)!

어느 날, 그녀가 실종되는데…….

"하, 할머니는 누구세요?"

무한삼진의 고아, 소량(少兩)에게 찾아온 기이한 인연.

세상과 함께 호흡을 나눌 수 있다면[天地同息]
천하의 이치를 모두 얻으리라[天下之理得]!

이제, 천하제일인과 그녀가 길러낸
마지막 자손의 이야기가 펼쳐진다!

신풍기협 神氣風俠

FANTASTIC ORIENTAL HEROES

윤신현 新무협 판타지 소설

「수라검제」, 「태양전기」의 작가 윤신현
우직한 남자의 향기와 함께 돌아오다!

사부와 함께 떠났던 고향.
기다리는 친구들 곁으로 돌아온 강진혁은
사부의 유언을 지키기 위해 강호로 나선다.
반드시 돌아오겠다는 약속을 남기고.

"믿어라. 난 결코 허언을 하지 않는다."

무인으로 살 것인가, 무림인으로 살 것인가.
고민을 안고 나아가는 강진혁의 강호행!

신의 바람이 불어와 무림에 닿을 때,
천하는 또 하나의 전설을 보게 되리라!

Book Publishing CHUNGEORAM

유행이 아닌 자유추구~
WWW.chungeoram.com